SIMPLES DISCOURS

SUR

LA TERRE ET SUR L'HOMME.

28392

FÉLIX HÉMENT

SIMPLES DISCOURS

SUR LA TERRE

ET

SUR L'HOMME

OUVRAGE COURONNÉ PAR L'ACADÉMIE FRANÇAISE.

PARIS

LIBRAIRIE ACADÉMIQUE

DIDIER ET Cⁱᵉ, LIBRAIRES-ÉDITEURS

35, QUAI DES AUGUSTINS, 35

1875

NOTE DES ÉDITEURS

En 1872, l'Académie française accordait à M. Félix Hément le prix Maillé-Latour-Landry.

« Ce prix est décerné, dit le programme, à l'écrivain dont le talent, déjà remarquable, méritera d'être encouragé à suivre la carrière des lettres. »

Dans son rapport sur les concours de 1871-72, M. le Secrétaire perpétuel de l'Académie s'exprimait ainsi : « L'honorable encouragement dont ce prix est l'objet a paru devoir s'adresser à M. Félix Hément, auteur d'écrits consacrés à l'instruction, à l'amélioration morale des classes ouvrières, et jouissant en France, et même à l'étranger, d'une juste estime. »

L'Académie voulait ainsi récompenser le zèle avec lequel, depuis bien des années, l'auteur a poursuivi la tâche de répandre les connaissances scientifiques par ses cours et ses conférences populaires.

AVANT-PROPOS

J'ai réuni dans ce volume quelques-unes des leçons que j'ai faites en France, dans les villes de Paris, Lyon, Bordeaux, Chartres, Versailles, Saint-Remy-de-Provence, etc., et en Belgique, à Bruxelles, Gand, Anvers, Bruges, Liége et Ostende.

Ces leçons forment un ensemble qui peut justifier le titre du volume ; elles reflètent, pour ainsi dire, le caractère que j'ai cru devoir donner à mon enseignement. Je me suis proposé, en effet, de donner dans chaque leçon ou discours, sous une forme vive, simple et familière, en même temps qu'élevée, un petit nombre d'idées fondamentales, de les exposer avec méthode et avec clarté, de façon qu'elles s'impriment pour ainsi dire dans l'esprit des auditeurs.

C'est un coup d'œil d'ensemble, une sorte de vue panoramique où les objets essentiels seuls font saillie, tandis que les détails, au contraire, échappent. Le conférencier, — j'entends surtout le conférencier scientifique, — doit être comme un guide qui fait gravir au voyageur une colline pour lui montrer le pays environnant qu'elle domine. De ce point élevé, les forêts, les prairies, les collines, ne présentent aux yeux que des masses aux teintes variées et harmonieuses ; le village est une tache blanche ; la rivière, un filet argenté, et les collines qui encadrent le paysage, revêtues d'un voile bleuâtre, noient, pour ainsi dire, leurs cimes dans le ciel pâli par les vapeurs terrestres.

Un grand nombre de ces leçons ont été

faites gratuitement, les unes aux ouvriers
qui fréquentent les cours des associations
polytechnique et philotechnique, les autres
aux convalescents de l'asile de Vincennes,
d'autres, enfin, au bénéfice d'œuvres diverses, telles que les fondations de biblio-
thèques populaires, l'ouverture de cours
publics, certaines créations de charité, etc.

Tout en me proposant de vulgariser les
connaissances scientifiques, j'ai fait en sorte
que le principal avantage de cet enseignement fût un avantage moral ; persuadé que la
science n'a de valeur que dans la proportion
où elle rend l'homme meilleur ; que tous les
progrès matériels sont peu de chose en comparaison du plus modeste progrès moral.
Aussi l'exposition des découvertes, la description des phénomènes me portent toujours à conclure comme le Psalmiste, que les
cieux racontent la gloire de Dieu.

On a bien dit aussi que les cieux annoncent la gloire de Newton, mais n'est-ce pas encore en ce cas celle ed Dieu qu'ils proclament? Voltaire lui-même, emporté par son enthousiasme pour le grand philosophe anglais, ne s'est-il pas écrié : Newton démontre Dieu.

FÉLIX HÉMENT.
Taussat (Gironde), septembre, 1874.

SIMPLES DISCOURS

SUR

LA TERRE ET SUR L'HOMME.

SIMPLES DISCOURS

SUR LA TERRE ET SUR L'HOMME

I

LES GRANDES ÉVOLUTIONS DU GLOBE

Lorsqu'au lendemain des combats et encore
tout émus par de douloureux souvenirs, nous
parcourons le théâtre de la lutte, nous sommes
profondément surpris de ne rien voir autour
de nous qui rappelle les événements passés.
Point d'arbres brisés ni de routes effondrées,
aucun débris sur le sol, nulle trace de sang. La
terre s'est de nouveau parée de verdure et de
fleurs et voile ainsi à nos yeux le triste spectacle de la désolation et de la mort. Mais le
laboureur interrogé répond comme le poète « qu'en

1

soulevant la terre avec sa charrue, il trouve des
armes rongées par la rouille, et que sa herse
pesante heurte des casques vides et de grands
ossements blanchis. »

De même en voyant la paix qui règne à la surface de la terre, on est loin de soupçonner qu'on
rencontre à une faible profondeur la marque
des violentes convulsions qui l'ont agitée à diverses époques. Semblable à ces natures énergiques dont le front serein cache un cœur blessé,
la terre dissimule les agitations de son sein sous
le calme aspect de sa surface.

Mais si l'on pénètre dans l'intérieur par une
de ces voies que tracent les mineurs pour aller
ravir à cette terre féconde, toujours mère aussi
bien dans ses entrailles qu'à sa surface, les nombreux minéraux dont s'alimente l'industrie, on
trouve les secrets de l'origine du globe, et, en
quelque sorte, les mémoires de sa dramatique
existence.

Je ne vous décrirai point les couches de roches
diverses d'étendue, d'épaisseur et de nature, disposées par assises régulières ou diversement inclinées, attestant le séjour des eaux marines ou

lacustres, et les mouvements réguliers ou sacca-
dés, lents ou vifs qui les ont ébranlées, ce seraient
là les évolutions du globe.

Les *grandes évolutions* dont je veux vous en-
tretenir ont une plus large part dans la vie de
notre planète et se sont accomplies dans des intervalles de temps pour ainsi dire infinis, et qui
sont à la durée des simples évolutions ce que les
siècles sont aux années, ce que les grandes périodes de notre vie sont aux jours qui la composent.

Une observation familière empruntée aux usages de la vie, et que pour cette raison je cite
d'autant plus volontiers, va nous servir de point
de départ dans cette étude pour arriver aux plus
hautes conceptions sur la formation du monde.
Nous suivrons ainsi le procédé de la nature, qui,
partant d'un germe à peine visible, et en apparence imparfait, produit, à la suite de transformations nombreuses et progressives, un être achevé
afin de mieux faire éclater sa puissance.

Ce fait, c'est la constance de la température
immédiatement au-dessous de la surface du sol.

Chacun sait que si, pendant l'été, on descend

dans une cave, on éprouve une sensation de fraîcheur, et que le contraire a lieu en hiver. Pourtant un thermomètre placé dans la cave indique sensiblement la même température en toute saison. Mais tandis qu'en été, la température est plus élevée au dehors qu'à l'intérieur du sol, en hiver, au contraire, elle est plus basse, c'est donc par un effet de contraste que la sensation se produit. Le thermomètre que La Hire, Cassini et Lavoisier placèrent il y a un siècle dans la cave de l'Observatoire à Paris, a constamment indiqué 12° environ.

Il faut conclure de là que l'intérieur de la terre ne reçoit pas sa chaleur du soleil ; que notre globe a une chaleur qui lui appartient, une chaleur *propre*.

Le soleil a beau venir chaque été parer la terre, dorer les moissons, mûrir les vendanges, produire tous ces merveilleux changements qui sont la fête des yeux et de l'âme, son action, bien que très-puissante, s'arrête à sa surface ; lorsque, l'hiver venu, une épaisse couche de neige couvre le sol, lorsque le fleuve impétueux est immobilisé dans son lit par le froid, c'est encore à la surface seule que ces phénomènes se manifestent.

Voilà donc un point de départ bien établi. Au-dessous du sol, à une faible profondeur, il existe une couche dont la température est constante et indépendante des saisons [1].

Descendons plus avant dans l'intérieur de la terre, et nous constaterons que la température y est d'autant plus élevée que la profondeur est plus grande. On en fit là remarque pour la première fois dans les mines voisines de Belfort, en 1740. Les mines sont en effet des lieux tout naturellement indiqués pour ce genre d'observations. Le forage des puits artésiens a également permis de constater l'accroissement de la température avec la profondeur.

Le puits de St-Ouen, de 66 mètres de profondeur, donne de l'eau à 12°,9. Celui de Sheerness (Angleterre), profond de 110 mètres, donne de l'eau à 15°,5. L'eau du puits de Grenelle, d'une profondeur de 548 mètres, est à 28°; celle du puits de Rochefort, profond de 800 mètres, atteint 42° [2].

Les puits artésiens fournissent les premières

données sur l'état calorifique de l'intérieur du
globe, mais ils ne sont ni assez nombreux, ni
surtout assez profonds, pour qu'on puisse rien
affirmer sur l'état des couches souterraines. Nos
observations ne s'étendent pas même à un kilomètre de profondeur. Or, le rayon de la terre est
d'environ 1,500 lieues, soit 6,000 kilomètres ;
1 kilomètre n'en fait donc que la six-millième
partie. Vouloir, des observations faites dans les
mines ou les puits artésiens, conclure ce qui se
passe dans le sein de la terre, c'est comme si, par
l'examen de notre épiderme nous espérions connaître le corps humain tout entier. Mais, à défaut
d'expériences suffisantes, nous aurons recours
aux phénomènes naturels. Les sources thermales
ne prouvent-elles pas la température élevée des
régions souterraines [3] ? Nous avons à Plombières
une source dont l'eau est à 65° ; à Dax (Landes),
une autre source dont l'eau est à 60°. Les eaux
de Chaudes-Aigues (eaux chaudes), dans le Can-
tal, sont à la température de 81°. Si nous ne voulons pas nous borner à la France, nous trouvons
à Carlsbad (Bohême) de l'eau à 73 degrés ; à Saint-
Michel (Açores) et à la Trincheras (Vénézuéla),

de l'eau à 97 degrés ; les sources d'Arizino (Japon) et les Geysers d'Islande, ces immenses jets d'eau naturels, dépassent 100 degrés [1].

Est-ce là la limite ? Non. Les volcans, qui vomissent à l'état de lave incandescente les matières les plus rebelles à la fusion, ne sont-ils pas de véritables soupiraux en communication avec l'immense fournaise dont les vapeurs agitent encore la croûte terrestre, et dont la chaleur gagne les couches supérieures ? Il est donc permis d'admettre que les sources de plus en plus chaudes proviennent de couches de plus en plus profondes ; que l'élévation progressive de la température, déjà constatée dans les mines et les puits artésiens, se continue au delà, et que, partant de la couche à la température constante, on arrive par degrés au *pyriphlégéton,* cette mer de feu que Platon a pressentie [5].

Bien que les données soient insuffisantes pour établir la loi suivant laquelle la température s'élève à mesure que la profondeur augmente, on a essayé de déterminer par le calcul l'épaisseur de la croûte qui recouvre l'océan igné. Lorsqu'on

met en regard les profondeurs diverses auxquelles on est parvenu dans l'intérieur du globe
et les températures qu'on y a observées, on est
conduit à admettre un accroissement moyen de
1° par chaque 30 mètres. C'est un résultat qu'on
s'est peut-être trop hâté de généraliser, si l'on
considère que nos observations ne s'étendent pas
même à un kilomètre de profondeur. En admettant l'exactitude et la rigueur du calcul, il s'en-
suivrait qu'à 3 kilomètres au-dessous du sol la
température serait celle de l'eau bouillante. A
vingt kilomètres, un grand nombre de substances se trouveraient à l'état de fusion. La croûte
terrestre serait donc limitée à une épaisseur de
trente à quarante kilomètres, c'est-à-dire environ
de dix lieues, soit environ la 150ᵐᵉ partie du
rayon de la terre. On peut donc dire qu'il y a
sensiblement le même rapport entre la terre et
sa croûte qu'entre un œuf et sa coquille.

Et cependant, les nombres qui précèdent sont
plutôt supérieurs qu'inférieurs aux nombres
réels. Il est probable que la partie fluide de
notre globe est plus près de la surface que des
calculs trop peu certains le font supposer. L'é-

corce terrestre sur laquelle nous vivons est donc une pellicule, pour ainsi parler, qui recouvre un océan de feu et de vapeurs diverses.

Ce radeau à peine consolidé qui nous supporte s'ébranle à chaque instant sous l'influence des vapeurs intérieures ; il s'élève, il s'abaisse, il se brise, il tournoie, et on entend de grands bruits comme des décharges d'artillerie, comme des grondements de tonnerre répétés dans les vallées profondes.

On peut douter que cette mer de feu s'étende jusqu'au centre de la terre, on ne saurait nier qu'elle existe à une profondeur plus ou moins grande au-dessous de la croûte terrestre [6].

Je n'ai touché qu'à une période de l'histoire de notre globe. Pour étudier ses grandes évolutions, il nous faut remonter bien loin dans le passé Ici, plus d'expériences possibles ; il ne nous reste que l'induction. Mais que peut faire l'homme en présence d'événements qui dépassent de telle façon les limites de son existence !... Il vous souvient de ces petits insectes ailés, délicats, dont parle Aristote, qui habitaient les bords du fleuve Hypa-

nis, ces petits éphémères que vous pouvez voir
vous-mêmes aux mois chauds de l'année près des
bords de nos rivières et qui ne vivent qu'un jour.
Figurez-vous qu'ils veuillent apprécier la constitution de la société humaine et prédire par cet
examen d'un instant l'avenir de cette société !...
Eh bien ! lorsque les hommes veulent connaître
l'origine et le développement des mondes, ils
ressemblent quelque peu à des éphémères portant des jugements sur les événements historiques.

On ne saurait toutefois reprocher au savant de
laisser son imagination, maintenue dans de justes
limites par la raison, interpréter librement les
phénomènes qui peuvent l'éclairer sur l'origine
de ce monde. Vous allez voir dans quelle mesure
il le peut faire.

La terre a une croûte peu épaisse recouvrant
le feu liquide. Pour que cette croûte se formât,
il fallait que la terre se refroidît et, en effet, elle
a dû répandre dans l'espace la chaleur qu'elle
possédait.

Ne voyons-nous pas d'ailleurs à côté des volcans encore en activité, d'autres volcans dont

les éruptions ont depuis longtemps cessé ? Du reste cette activité n'est pas la même pour tous les volcans, et on ne saurait comparer sous ce rapport le Vésuve au Stromboli et au Cotopaxi. Il y a donc, vous le voyez, tous les degrés dans l'action volcanique depuis les effets les plus puissants jusqu'à l'apaisement le plus complet. On peut dire que le nombre des volcans tend à diminuer en même temps que leur énergie.

La terre s'est donc refroidie dès l'origine, elle n'a pas cessé de se refroidir, elle se refroidit encore. Mais comment constater ce refroidissement par l'expérience ?

Nous nous trouvons là en présence de faits qui dépassent la portée de nos observations, car le thermomètre n'a guère été employé d'une manière précise que depuis un siècle environ, et ce n'est pas un siècle d'observation qui peut nous éclairer sur ce point. Nos pères nous ont dit bien des fois : Oh ! de mon temps, il faisait plus chaud ! nous le dirons aussi à nos enfants. Mais cela veut dire : J'avais vingt ans, j'avais la santé, la jeunesse, l'espérance, les illusions. Avec cela on défie les frimas comme on défie la misère. Ne

consultons donc pas nos pères en tant que thermomètres.

La durée du jour pourra peut-être nous donner quelque indication meilleure parce que c'est
un fait astronomique, qu'on peut apprécier depuis plus de vingt siècles, et si 2,000 ans ne sont
rien devant l'éternité, c'est quelque chose pour
nous [7].

Quel rapport, me direz-vous, y a-t-il entre la
question du refroidissement du globe et la durée
du jour ? On dirait deux faits totalement étrangers l'un à l'autre. Ils se tiennent cependant
par un lien étroit, car la terre ne peut se refroidir sans se contracter, et si elle diminue de volume, sa vitesse peut varier. La durée de la
rotation peut donc être modifiée par l'abaissement
de la température. Les premières observations
astronomiques remontent beaucoup plus loin que
celle de la température, et cependant elles n'indiquent aucun changement dans la durée du jour.
On ne peut donc rien conclure relativement à la
température, mais cela prouve tout au plus que
même 2,000 ans constituent une période insuf-
fisante pour amener un refroidissement appré-

ciable. Nous sommes donc forcés de nous en tenir à des probabilités qui sont, il est vrai, voisines de la certitude.

Poursuivons. Remontons dans le passé, remontons encore, et voilà la croûte qui devient de plus en plus mince. Au lieu de former une enveloppe continue, elle n'existe qu'en fragments plus ou moins étendus et sans lien, comme ces premières scories qui flottent à la surface de la fonte en fusion lorsqu'elle commence à se refroidir. A un moment donné, elle n'existe plus : la terre n'est qu'une boule incandescente, une mer de feu sans limite. Nous voilà reportés peut être à quelques millions d'années en arrière, mais nous pouvons avoir toutes les audaces en face de l'éternité. C'est à ce moment que la forme générale de notre globe a été définitivement fixée. Ses modifications de détail sont venus longtemps après. La terre alors était ronde, et son état de fusion est attesté par son aplatissement aux pôles et son renflement à l'équateur, conséquence de sa rotation sur elle-même [8].

Est-ce là le premier état ? Non. C'est la température de nos volcans, mais elle est inférieure à celle du soleil. Nous pouvons donc concevoir la terre à une température encore plus élevée.

En lui rendant par la pensée ce qu'elle a perdu de chaleur, rendons-lui également ce qu'elle a perdu en volume, car, on le sait, la chaleur dilate les corps. Sa croûte n'existe pas, elle devient dix, cent, mille fois plus grande en devenant dix, cent, mille fois plus ardente.

Mais la liquidité n'est pas le dernier état de la matière. Un corps échauffé de plus en plus, de solide devient liquide, et de liquide, gazeux. Si nous continuons à élever par la pensée la température de la terre, elle prend donc l'état gazeux, et alors elle s'étend au point de devenir aussi vaste peut-être que le soleil actuel.

Pour atteindre la période liquide, j'ai été obligé de remonter à plusieurs millions d'années en arrière. Pour arriver à la période gazeuse, qui n'est pas encore l'enfance de la terre, qui n'en est pour ainsi dire que l'adolescence, combien de millions d'années nous faudra-t-il franchir ? J'avais bien raison de vous parler de grandes évolutions.

A l'état gazeux, les molécules de la matière se tiennent encore entre elles ; elles ne sont pas dispersées. Allons plus avant encore. Rendons à la terre une chaleur dont nous n'avons pas la moindre idée. N'oublions pas, en effet, que les plus hautes températures dont nous disposions ne dépassent pas 2,000 degrés, et qu'à cette température les corps ne sont pas même tous fondus.

De même que la matière se consolide de plus en plus en se refroidissant, elle se dégage de plus en plus de ses liens en s'échauffant ; si bien qu'arrivée à cette température dont le degré est en quelque sorte infini, elle s'est tellement disséminée que les atomes sont non-seulement libres, mais plus que libres, si je puis dire.

Les atomes terrestres sont alors répandus dans l'espace, sans aucun lien entre eux, absolument indépendants les uns des autres, semblables aux membres d'une association qui arrivent à l'isolement complet et enlèvent ainsi toute force à leur association par un amour excessif de l'in-dépendance.

Le monde céleste nous offre-t-il quelques

exemples d'un état analogue à celui de la terre
à l'origine des choses? Oui. Jetez les yeux au
ciel; vous y verrez cette longue traînée blan-
châtre, fleuve de lait répandu par Junon, selon
la gracieuse poésie des Grecs, qu'on nomme la
Voie lactée. C'est une longue bande nuageuse
d'un doux éclat traversant la voûte céleste. Ce
n'est là qu'une trompeuse apparence ; ce n'est
un nuage que pour nos yeux impuissants ; le
nuage examiné à la lunette se résout en une
multitude d'étoiles ; c'est une fausse nébuleuse.
Si, prenant une lunette, vous vouliez sonder tous
les points de l'espace et *rompre*, comme Herschell, *les barrières du ciel*, vous verriez par
milliers de ces taches blanchâtres bien moins
étendues qui sont de *vraies nébuleuses.* Voilà
l'état primitif du globe, voilà comment naissent
les mondes..., je n'ai pas dit : comment ils sont
conçus...

Un fait curieux va vous servir à établir ce
premier état de la terre presque avec autant de
rigueur que son état actuel. Si un astronome
vous guide dans l'exploration à laquelle je vous
convie, il vous montrera des nébuleuses de divers

âges, et, par suite, plus ou moins avancées. C'est d'abord une nébuleuse ayant l'aspect d'un globe de verre dépoli, c'est-à-dire présentant une lumière uniformément douce ; aucun point n'y est plus brillant que les autres. Puis, en un autre lieu de l'espace, c'est une nébuleuse sensiblement arrondie aussi, mais offrant en son milieu une sorte de noyau plus compacte et plus lumineux, entouré d'une lumière plus douce et plus pâle que celle de la précédente, comme si une portion de la matière s'était condensée au centre. Ailleurs, c'est une autre nébuleuse dont la nébulosité aura complétement disparu et dont le noyau sera plus brillant. Enfin, il vous montrera les étoiles sans nombre, nébuleuses complétement condensées, soleils innombrables semés dans l'espace [9].

De là on peut, sans grande témérité, conclure que la même nébuleuse passe par les différentes formes que nous venons d'observer. Que, nuage lumineux à l'origine, elle se ramasse de plus en plus en son centre, l'éclat de sa lumière devenant d'autant plus vif que sa masse est plus condensée, enfin que toute nébuleuse est le germe d'un soleil.

Les âges antérieurs de la terre nous apparaissent donc : la nébuleuse devient soleil, c'est la
période de l'enfance ; le soleil devient terre, c'est
la période de l'adolescence.

Si, après avoir interrogé les cieux pour leur
dérober les secrets de l'origine de notre planète,
nous regardons vers l'avenir, pouvons-nous prévoir ce qu'elle deviendra? Sans doute. N'avons-
nous pas un satellite qui nous annonce notre fin ?

La terre se refroidit toujours, la croûte s'épaissit de plus en plus, les agitations diminuent, le
noyau se solidifie. Le soleil qui lui envoie de la
chaleur se refroidit aussi : donc perte de chaleur
à l'intérieur, perte de chaleur à l'extérieur.

Il n'en fallait pas tant......

Nous marchons donc au froid, nous marchons
à la mort. L'océan, solidifié aujourd'hui aux deux
pôles seulement, se solidifie bientôt en son entier ; les glaces ont avancé de plus en plus des
pôles vers l'équateur, restreignant sans cesse
la portion de terre que l'humanité a en partage

et refoulant celle-ci vers l'équateur, son dernier asile. Un manteau de glace a recouvert la terre. L'air reste encore ; bien qu'il soit refroidi, il est encore gazeux. Le refroidissement continue car rien ne l'arrête, et l'air jusqu'alors insoumis est enfin dompté. Il est liquide. Une mer nouvelle, d'un liquide inconnu, d'air liquide, recouvre les anciens océans solidifiés. L'air est devenu solide et une seconde mer de glace a recouvert la première. Il y a longtemps que les animaux ont disparu, il y a longtemps qu'aucune végétation ne pare plus la terre; ce ne sont que déserts, et montagnes désolées. Enfin, depuis longtemps aussi, sous l'influence de l'action continue des marées [10] le mouvement du globe s'est ralenti de plus en plus. La durée du jour est devenue plus grande, les variations de températures plus brusques.

Le télescope, qui tout à l'heure nous montrait dans les nébuleuses le premier âge de la terre, va maintenant nous laisser entrevoir la fin de notre globe.

La lune, c'est la terre dépouillée de ses habitants, végétaux et animaux ; la vie a disparu. C'est la terre sans air, sans eau, presque sans mouvement. Le silence et le froid, ces compagnons de la mort, règnent dans ce monde désolé [11].

Peut-être alors le soleil sera-t-il devenu une terre éclairée par un soleil plus éloigné, et entrera-t-il ainsi dans la seconde partie de sa vie, pendant que la terre achèvera sa carrière.

Eh quoi ! sera-ce donc la mort partout!... Non! Pendant que des mondes s'éteignent, d'autres, sans nombre, arrivent à la vie et se développent à leur tour ; c'est un cercle éternel de mondes toujours nouveaux, qui naissent sur tous les points de l'espace et de mondes vieillis qui entrent dans la nuit éternelle.

Nous sommes maintenant en mesure de comprendre cette immortelle conception de Laplace qui a relié tous les membres de la grande famille planétaire. Agrandissez la terre par la pensée en lui rendant la chaleur ; rendez de même au soleil et sa chaleur et ses dimensions primitives, et voilà la terre et le soleil, séparés aujourd'hui par 38 millions de lieues, qui se rejoignent ; et la

lune aussi, en reprenant ses premières dimensions avec sa chaleur, se confondra avec le soleil
et la terre.

Il en est de même pour toutes les planètes qui
tournent autour du soleil, il n'y a plus qu'une
nébuleuse qui est non plus la nébuleuse terrestre,
mais la nébuleuse solaire de tout le système auquel la terre appartient. C'est un immense nuage
lumineux qui tourbillonne se refroidit, et se
contracte peu à peu ; de temps à autre, des portions s'en détachent qui, se concentrant de leur
côté, tournoient autour du centre commun, incomparablement plus gros que tous ces fragments
détachés.

De là toutes ces planètes tournant sur elles-
mêmes, tournant autour du soleil dans le même
sens et dans des plans qui diffèrent très-peu les
uns des autres, attestant ainsi le lien qui existe
entre elles. Toutes les planètes et leurs satellites
se sont détachés un jour du soleil, qui est dou-
blement leur père puisque après leur avoir donné
naissance il continue à les vivifier. Cette parenté
soupçonnée entre les divers corps de notre système, justifiée par les diverses analogies de

forme, de mouvements, de vitesse qu'ils possèdent, a été confirmée de la manière la plus écla-
tante par l'analyse chimique de ces corps au
moyen des raies spectrales. Il faut donc ajouter
à ce qui précède l'identité des principes consti-
tuants.

Un fait vient encore corroborer cette hypothèse.
Lorsqu'on se trouve dans le voisinage des tropiques, on observe à l'horizon aussitôt après le
coucher du soleil, une merveilleuse pyramide de
lumière qui s'élance vers les cieux.

Ce brillant phénomène est sans doute dû à des
milliards de parcelles de la même matière que
celle qui constitue les planètes, poussière peut-
être plus subtile encore que les corpuscules
qu'illumine sur son trajet un rayon de soleil traversant une chambre obscure. Cette matière disséminée, c'est la poussière du monde qui n'a pas
reçu d'emploi.

Les faits précédents reçoivent leur confirma-
tion du fait suivant : Les milliers de débris qui
tombent à la surface de la terre, et aussi sans
doute à la surface des planètes, débris qui
pénètrent dans notre atmosphère avec une vi-

tesse telle que la compression éprouvée par l'air
produit une chaleur suffisante pour les enflam-
mer et les rendre lumineux, traversent l'air
comme des milliers de fusées (12). Restés dans
l'espace depuis l'origine des choses, ils montrent
que le monde n'est pas terminé, qu'il s'achève
encore, chaque planète, ainsi que la terre, re-
cueillant au passage ces enfants perdus de la
création.

Nous avons établi ces différents points: la terre
a été nébuleuse; elle a été soleil ; elle est terre ;
elle deviendra lune.

La lune a été soleil et terre, mais, vu ses petites dimensions, les périodes correspondant à ses
diverses transformations ont été incomparablement plus courtes.

Le soleil qui a été nébuleuse deviendra terre
à son tour, et lune dans la suite, après des laps
de temps incomparablement plus grands et en
rapport avec ses dimensions énormes.

Notre examen rapide des grandes évolutions du globe est maintenant terminé. Mais comment nous arrêter à ces limites de l'origine et de la fin des mondes, l'état de nébuleuse et celui de lune ? Encore ici, comme dans l'examen de sa propre destinée, l'homme apporte cette noble inquiétude qui fait sa force et son tourment ; il ne sait point s'arrêter, même lorsque la science l'abandonne, et il veut connaître l'origine et la fin des mondes comme il veut savoir d'où il vient et où il va.

Ne lui dites pas qu'il doit se résigner à ignorer ces choses, et qu'il errera si la science ne le guide. Que lui importe ? Ce n'est point la solution d'un problème qu'il poursuit. Un désir secret le tourmente et il y obéit instinctivement. N'essayez pas de le détourner de cette recherche, tous vos efforts n'y réussiraient pas.

N'allez pas croire toutefois que ces efforts soient infructueux. J'ai vu un homme essayant d'ébranler un de ces chênes majestueux, orgueil de nos forêts,

De qui la tête au ciel était voisine,
Et dont les pieds touchaient à l'empire des morts.

Le géant semblait se rire des faibles efforts de
l'homme et celui-ci sentait bien aussi son im-
puissance ; mais après des assauts longtemps
répétés, l'homme sentit ses muscles plus puissants, ses forces accrues, et cette lutte qui
avait laissé l'arbre debout avait rendu l'homme
plus fort.

De même la recherche de l'origine des choses
à laquelle l'homme s'attache malgré la certitude
de l'insuccès, en tant que l'on considère la solution, est un de ces exercices salutaires qui fortifient et étendent son esprit en même temps
qu'ils élèvent son âme.

D'autre part, si la science se constitue à l'aide
de l'expérience et de l'observation, on conviendra que ces moyens de recherche ne sont pas
infaillibles et que les résultats qu'ils fournissent,
ainsi que les conséquences qu'on en tire,
loin d'offrir le caractère de certitude absolue qui
appartient à la vérité seule, portent au contraire
l'empreinte de la faiblesse de notre nature. Ils
sont ou faux, ou insuffisants, ou incomplets.
Ce n'est qu'à la suite de recherches incessantes,
de travaux continus, que la lumière se fait, et sur

2

certains points seulement. La science, c'est le
progrès, en ce sens que c'est un acheminement
lent et continu vers la vérité. On ne saurait la
concevoir autrement que dans cette ascension
progressive, dans cette mutabilité permanente
qui est précisément le caractère opposé à la
vérité absolue. Elle se consolide, s'améliore, se
complète constamment sans s'achever jamais.
Elle poursuit incessamment la vérité, dont elle
s'approche toujours davantage sans parvenir à
l'atteindre.

Dès lors pourquoi ces affirmations si nettes de
quelques savants en l'absence d'un caractère
certain de vérité ? Pourquoi cette impérieuse
demande de séparation entre les faits d'un ordre
purement expérimental et ceux qui dépendent
de la raison seule, demande faite avec tant de
hauteur au nom de la science par elle-même si
modeste ? Que l'on distingue et que l'on groupe
nos connaissances d'après leur origine et le
degré de certitude qu'elles offrent, rien de plus
juste. Mais que l'on distingue pour unir et non
pour diviser. Reconnaissons les droits du sentiment en même temps que ceux de la raison;

faisons la part à chacune de nos aspirations comme à chacun de nos besoins. Si l'on nous dit qu'alors nous désertons la science, nous répondrons que l'observation, le domaine des faits, la recherche des causes secondes ne constitue qu'une partie de la science, et que la recherche des causes premières est aussi de son domaine. Mieux encore, c'est ce qui l'ennoblit et l'idéalise ; c'est l'auréole qui la couronne.

NOTES COMPLÉMENTAIRES.

1. La chaleur solaire pénètre dans le sol jusqu'à une profondeur plus ou moins grande, selon la nature des matériaux qui le constituent, selon l'état d'agrégation de ces mêmes matériaux. Ainsi se trouve ralenti le refroidissement incessant du globe, ainsi se trouve reculée plus ou moins profondément la couche dont la température est constante. Mais il importe peu que cette couche soit plus ou moins près de la surface du globe, ce qui importe c'est l'existence de cette couche et de cette chaleur interne immédiatement au-dessous de l'épiderme terrestre.

Ce n'est pas là un fait isolé : l'observation a été faite sur tous les points du globe et particulièrement en France. Depuis l'époque où Lavoisier l'a constaté, les observations se sont multipliées sur un grand nombre de points, tant en Europe qu'en Asie et en Amérique.

En Asie, c'est à travers la glace qui couvre sur une vaste étendue le nord de ce grand continent qu'on a atteint les couches chaudes du globe. Sous ces frimas extérieurs se cache le feu souterrain. En Amérique, les observations qu'on doit à Humboldt sont plus particulièrement curieuses en ce qu'elles ont été faites dans des localités situées à de très-grandes hauteurs. Cet illustre explorateur a fait deux observations sur les montagnes du Pérou et du Mexique, dans des mines plus hautes que le sommet du pic de Ténériffe (3,710 mètres), plus hautes que tous les lieux où jusque-là on avait porté un thermomètre. « A plus de 4,000 mètres au-dessus du niveau de la mer, dit-il, j'ai trouvé l'air souterrain de 14 degrés plus chaud que l'air extérieur. C'était dans les mines d'argent voisines de la petite ville péruvienne de Micaio-pampa.

« Tandis qu'au dehors la température était de six degrés, elle était de vingt dans l'intérieur de la mine. Dans une autre mine, située à la

2.

même hauteur, la différence était d'environ neuf degrés, et les eaux qui s'échappaient de la mine se trouvaient à 11 degrés.

« Au Mexique, dans l'une des mines d'argent de Guanaxato, à une altitude de 2,300 mètres, le thermomètre marquait 27 degrés au dedans, 21 au dehors au moment de l'observation. » (Humboldt.)

2. Outre les puits déjà cités, il y a à Prégny, près de Genève, un puits de 231 mètres de profondeur qui fournit de l'eau à 18 degrés ; à New-Salzwerk, en Prusse, par une profondeur de 680 mètres, l'eau possède une température de 33 degrés ; à Newcastle, en Angleterre, dans un puits de houillère, le thermomètre marque 25 degrés.

En Russie, les faits signalés sont d'autant plus curieux qu'on les a constatés dans le sol de glace que nous avons cité plus haut. Pour creuser le puits de Schergin, à Yakoutsk, il fallut rompre une couche de glace souterraine de 120 mètres

d'épaisseur. Les thermomètres placés le long
des parois, sur onze points pris à différentes
hauteurs, depuis l'orifice jusqu'au fond du puits,
indiquèrent une élévation progressive de la
température. Tandis qu'à 15 mètres le thermomètre marquait environ 7 degrés au-dessous de
zéro, à 150 mètres, il indiquait à peu près
2 degrés 1/2. La température s'élevait donc de
5 degrés au sein de la masse glacée environnante.

Sur tous les points du globe, dans les régions
les plus diverses, les climats les plus variés, dans
les plaines et sur les plateaux, en un mot à
toutes les altitudes et sous toutes les latitudes,
toutes les observations faites par un grand
nombre de savants ont conduit au même résultat. On conviendra sans peine que c'est là un fait
général et sur lequel les adversaires comme les
partisans de la chaleur centrale doivent être
d'accord.

3. Les eaux naturelles qui jaillissent ou celles
qui viennent seulement sourdre à la surface du sol

sont à des températures diverses, comme celles
de nos puits artésiens. Or, il n'est pas douteux que leurs réservoirs sont alimentés par les
eaux pluviales, puisque les périodes de pluie et
de sécheresse influent sur le débit de la plupart
d'entre elles. Ces eaux, pénétrant dans la terre,
empruntent aux couches qu'elles traversent la
chaleur dont elles apportent ensuite la preuve en
venant à la surface. Si donc les eaux artésiennes
sont d'autant plus chaudes qu'elles sont plus profondes, on peut conclure qu'il en est de même
des eaux thermales. Nous sommes dès lors en
mesure d'étendre à des profondeurs plus grandes
la loi de progression de la température.

———

4. A ces divers exemples ajoutons encore les
sources des Thermopyles (Grèce), dont la chaleur est de 65° ; en Algérie un grand nombre
d'eaux thermales à Aumale, et en particulier
celles de Hamman-Meskoutine (province de Cons-
tantine) déjà connues des Romains et dont la
température est de 95 degrés.

Ces exemples ont été pris sur tous les points du globe et à des altitudes diverses, afin d'établir la généralité du fait. Ainsi, ce que nous avions établi précédemment pour une certaine profondeur peut être regardé comme vrai pour une profondeur plus grande. Nous avons donc fait un pas de plus.

La constance de la température des eaux thermales montre qu'il ne s'agit pas d'un phénomène passager, accidentel et local. C'est bien au même foyer qu'elles s'échauffent plus ou moins, selon leur proximité plus ou moins grande du foyer. Elles empruntent une chaleur qu'elles ne contribuent pas à produire, et qui est incomparablement plus puissante que celle qu'elles possèdent. Cette chaleur intérieure peut varier sans que les sources s'en ressentent, si ce n'est au bout d'un temps que nous ne pouvons mesurer.

Si, au contraire, les sources participaient à la production de cette chaleur, elle est relativement si faible en cette circonstance qu'elle pourrait varier de quelques degrés par suite des inégalités dans l'activité des phénomènes qui la produisent.

Les sources thermales sont en quelque sorte
le prélude de phénomènes plus énergiques ou
peut-être de simples conséquences de ces phénomènes.

———

5. Toutefois, entre les émanations directes du
foyer terrrestre et les sources thermales, on peut
placer des manifestations en quelque sorte intermédiaires, qu'on regarde avec raison comme des
actions volcaniques d'un ordre inférieur. Nous
voulons parler des éruptions gazeuses, boueuses,
etc., qu'on nomme salzes, volcans d'air, volcans
de boue, soffioni, etc.

Dans leurs faibles dimensions relatives, ces
volcans mineurs affectent un caractère de violence peu en harmonie avec leur étendue.
Un grand bruit les annonce, souvent la terre
tremble, se soulève; des jets de flammes s'élèvent
à de grandes hauteurs, et des blocs de rochers
sont lancés avec une force prodigieuse ; puis
une boue liquide et chaude sort des entrailles du
globe et se répand comme un noir ruisseau qui
coule péniblement.

« L'une des salzes de Taman donna, le 27 fé-
vrier 1793, le spectacle d'une éruption de boue
et de gaz, dans laquelle, à la suite de plusieurs
détonations souterraines, une colonne de feu, à
demi voilée dans un brouillard noir, s'est élevée
à plusieurs centaines de pieds. » (Humboldt.)

Après ces violentes manifestations, le volcan
boueux prend des allures plus calmes. Son activité, relativement faible, devient continue, la
boue coule tantôt chaude, tantôt froide, et les
gaz se dégagent lentement et régulièrement.
Près du village de Turbaco, au nord de l'Amérique du Sud, on trouve des volcans boueux au
nombre d'une vingtaine sur une plaine déserte
encadrée dans un magnifique paysage. Le gaz se
dégage en énormes bulles, et chaque éruption est
précédée de sourdes détonations qui semblent
provenir des profondeurs du sol.

Les gaz qui se dégagent sont de nature variée,
inflammables ou non ; on y trouve les carbures
d'hydrogène, l'acide carbonique, l'azote, l'oxygène, des vapeurs acides telles que l'acide borique, des émanations salées, sulfureuses, bitu-
mineuses. Les *soffioni* ou *lagoni* de la Toscane

rejettent avec de la vapeur d'eau à température
élevée l'acide borique si utile à l'industrie. Ceux
de l'Islande sont incomparablement plus puissants. En Chine, au Thibet, de nombreuses sources
de feu, c'est-à-dire des jets enflammés sortent
comme de splendides gerbes des crevasses du
sol. Dans certains cas, les gaz inflammables
fournissent à des populations nombreuses la lumière pour éclairer les rues et la chaleur nécessaire au chauffage des habitations. On dirait une
vaste usine à gaz souterraine. Les montagnes
ardentes de la Chine nous offrent encore une
variété du même phénomène particulièrement
saisissante par le contraste qu'offre leur crête
couronnée de neige au milieu d'un cercle de
flammes.

Tantôt réunis en groupe, tantôt rangés en
ligne droite, faibles ou puissants, les volcans
gazeux se ressemblent dans leurs manifestations
et leurs caractères. Sur tous les points du globe
et dans les conditions les plus diverses, dans des
contrées séparées par des intervalles immenses,
ces volcans passent par les mêmes phases successives. N'est-ce pas là un fait général, une action

unique, dont le siége se trouve en tout lieu, à
une certaine profondeur du sol moindre sans
doute que celle du foyer où s'alimentent les véritables volcans.

Nous allons retrouver les mêmes caractères de
généralité et de similitude dans ces derniers
phénomènes, les plus puissants de tous. Et d'abord
toute éruption nous montre la même succession
de phases et dans le même ordre : ce sont de
grands bruits souterrains, de formidables détonations, et enfin des tremblements de terre au
pied et tout autour du volcan. On dirait une gigantesque ébullition qui se produit dans les entrailles du sol et une lutte des vapeurs contre les
résistances que présente la croûte terrestre. Cela
dure un temps variable, tantôt des jours, tantôt
des mois.

La croûte cède, s'affaisse, se brise, et les gaz
mugissants s'échappent par les nombreuses et
profondes crevasses. Enfin, la victoire appartient
aux forces intérieures ; une épouvantable explosion qui ébranle tout le pays environnant annonce
le déchirement de l'écorce terrestre et la libre
communication du feu intérieur avec le dehors.

Tout ce qui obstruait les issues, toutes les matières qui s'opposaient à la sortie des vapeurs sont lancées à des hauteurs prodigieuses par une force cent fois plus grande que celle de la vapeur de nos plus puissantes machines. Cette formidable mitraille forme une magnifique gerbe sombre dont les milliers de fragments retombent de toutes parts en décrivant d'élégantes courbes paraboliques.

En même temps, un nuage de vapeurs, dont la blancheur éclate sur le fond noir des projectiles, s'élève dans l'atmosphère comme les flots de fumée d'une immense cheminée. Des éclairs sillonnent le nuage, et les éclats du tonnerre se font entendre distinctement malgré les bruits souterrains.

Voici que le nuage de poussières et de vapeurs qui couronne la hauteur semble s'embraser, un jet puissant de corps en feu et de poussière incandescente s'élance dans les airs. C'est la lave qui s'élève et se reflète dans les nuages, c'est l'explosion des gaz jusqu'alors emprisonnés qui lance dans l'espace les gouttes de lave ardente. Enfin le fleuve de feu émerge et roule ses flots lumineux sur les pentes jusqu'à une grande distance dans la plaine environnante.

L'intensité des éruptions peut varier ainsi que l'activité volcanique, mais la succession des phases reste la même et la physionomie des volcans est tout à fait caractéristique et invariable. Le cône des cendres et des matériaux rejetés, le cratère, voilà les deux parties constitutives permanentes dont la hauteur et la forme seules varient.

Quatre cents volcans environ sont épars sur le globe, tant sur les continents que dans les mers. Sur ce nombre, 225 seulement sont encore actifs. Le reste est éteint, sinon irrévocablement, au moins temporairement. Les trois quarts à peu près se trouvent en Amérique, échelonnés sur la crête des Cordillères, cette épine dorsale du Nouveau-Monde. Il semble que la vie du globe soit plus particulièrement concentrée sur ce jeune continent, où les montagnes offrent ces contours nets, ces pentes âpres que le temps et les intempéries n'ont pas encore usés ou polis. En même temps, l'activité volcanique règne sur toute la ligne et montre que les communications

de l'intérieur à l'extérieur ne sont pas encore
obstruées par un long travail.

Il est tout naturel que les volcans soient dis-
tribués le long de cette magnifique chaîne qui
forme l'ossature des Amériques. La croûte terrestre a dû en effet être profondément modifiée
par cette puissante et longue élévation, et la
réaction intérieure a nécessairement rencontré
là des points de moindre résistance qui ont cédé
à ses efforts. Mais cette ligne volcanique n'em-
brasse pas seulement une moitié du globe : à
travers les océans on peut en suivre le prolon-
gement et faire ainsi le tour du globe.

On voit que, malgré leur dissémination à la
surface de la terre, qui prouve qu'ils s'alimentent
à un même foyer, les volcans ont néanmoins
surgi sur les points de la croûte terrestre où la
résistance était moindre, soit parce que l'épaisseur en était plus faible, soit parce que les matériaux en étaient moins cohérents. Ce que nous
voulons seulement établir, c'est l'unité dans la
nature du phénomène, dans ses phases successives, malgré la diversité des conditions.

Bien que les éruptions volcaniques soient gé-

néralement précédées ou accompagnées de tremblements de terre, un grand nombre de ces derniers phénomènes se produisent sans qu'il se
forme de volcan à la suite. Les deux phénomènes
sont évidemment dus à une cause unique, ou plutôt il faut y voir les deux phases d'un même
phénomène, savoir l'action des vapeurs intérieures s'exerçant contre la croûte. Tout tremblement de terre pourra être suivi d'éruption :
l'hétérogénéité de l'écorce du globe et la violence
des gaz produisent la diversité des manifestations
d'une cause unique.

Ce qui prouve l'étroite solidarité des phénomènes volcaniques et des tremblements de terre,
c'est d'abord la rareté de ces derniers phénomènes
avec un certain degré d'intensité dans le voisinage des volcans en pleine activité. « Les volcans actifs doivent être regardés comme des sou-
papes de sûreté pour les contrées voisines. Si
l'ouverture du volcan se bouche, si la communication de l'intérieur avec l'atmosphère se trouve
interrompue, les contrées voisines sont menacées
de secousses prochaines. » (Humboldt.)

Ce qui le prouve encore, c'est leur dépendance

mutuelle. Ainsi, tandis que certains volcans s'apaisent pendant qu'un tremblement de terre se produit au loin, on voit d'autre part une éruption mettre fin aux convulsions de la croûte terrestre. Déjà Strabon signalait ce fait lorsqu'il disait : « Depuis que les bouches de l'Etna sont ouvertes, et qu'elles vomissent le feu, depuis que des masses d'eau et de laves en fusion peuvent être rejetées au dehors, le littoral est moins sujet aux tremblements de terre qu'à l'époque où, avant la séparation de la Sicile et de l'Italie inférieure, toutes les issues étaient bouchées. » De nos jours (4 févr. 1797) on a vu disparaître tout à coup une colonne de fumée qui s'élevait du volcan de Pasto (Nouvelle Grenade) pendant le violent tremblement de terre de Riobamba, à quatre-vingt-dix lieues au sud.

Le volcan de Jorullo (Mexique) surgit tout à coup (29 sept. 1759) jusqu'à la hauteur de cinq cent dix mètres après trois mois de secousses et de tonnerres souterrains.

Tout annonce dans le tremblement de terre un phénomène étendu qui se passe à de grandes profondeurs. C'est en quelque sorte la révolte des

vapeurs emprisonnées contre les parois qui
s'opposent à leur expansion. L'écorce s'élève ou
s'affaisse ou se déplace horizontalement ; des
terrains glissent et viennent se superposer à
d'autres terrains ou bien ils se pénètrent mu-
tuellement ; des routes rectilignes se trouvent
courbées et indiquent un mouvement de rotation. En un mot, la terre se meut dans toutes les
directions. Cette agitation est loin d'être silen-
cieuse : des bruits sourds, des grondements souterrains, des détonations formidables l'accom-
pagnent. « La nature du bruit varie beaucoup ;
il roule, il gronde, il résonne comme un clique-
tis de chaînes entre-choquées ; il est saccadé
comme les éclats d'un tonnerre voisin, ou bien
il retentit avec fracas, comme si des masses
d'obsidienne ou de roches vitrifiées se brisaient
dans les cavernes souterraines. » (Humboldt.)

La durée du phénomène varie de quelques secondes à plusieurs mois. On peut dire même
qu'il est permanent dans certaines contrées où
le sol s'élève constamment et sans secousse apparente d'une manière continue, en même temps
que, sur d'autres points, il s'abaisse avec la même

régularité. Souvent il se borne à de faibles mouvements qu'on appelle des oscillations ; d'autres
fois la croûte se brise, et il se forme des crevasses dont la profondeur atteint des centaines
de mètres.

Enfin, le lit de la mer faisant partie de la
croûte terrestre, on comprend qu'il s'y produise
de semblables mouvements. Les côtes, les îles,
s'élèvent au-dessus des eaux ou disparaissent
sous les eaux, des hauts-fonds se forment où
existaient des bas-fonds, tandis qu'en d'autres
lieux la profondeur des mers est devenue plus
grande.

Nous retrouvons encore ici le caractère d'uni-
versalité déjà constaté dans les phénomènes précédents. Ce n'est pas en un point particulier que
se manifestent les tremblements de terre, c'est
sur toute la surface du globe, dans le lit des
mers aussi bien que sur la terre ferme. L'action
des vapeurs intérieures se manifeste partout
et sans interruption ; tantôt brusque et violente,
tantôt faible et continue. On dirait des marées
souterraines qui, comme celles de nos mers, sont
à peine sensibles sur de vastes espaces où les eaux

se meuvent en toute liberté, loin des côtes qui forment les bords du bassin, et acquièrent une redoutable énergie dans les détroits à contours sinueux encadrés de hautes falaises.

Tous ces faits s'accordent mal avec l'hypo-thèse que les tremblements de terre soient des phénomènes locaux, la vaste étendue des terres ébranlées rend plus probable encore le caractère de généralité. Le tremblement de terre de Lis-bonne (1er nov. 1755). se fit sentir en Europe, dans les Alpes, sur les côtes de la Suède et le lit-toral de la Baltique ; en Amérique, aux Antilles et au Canada. « A Cadix, les eaux de la mer s'é-levèrent à 20 mètres au-dessus de leur niveau ordinaire ; dans les petites Antilles, où la marée n'est guère que de 70 à 75 centimètres, les flots montèrent, noirs comme de l'encre, à une hau-teur de plus de sept mètres. On a calculé que les secousses se firent sentir, dans cette fatale journée, sur une étendue de pays quatre fois plus grande que celle de l'Europe. » (Humboldt.)

6. Personne ne conteste l'existence des volcans, des tremblements de terre et des mouvements de la croûte terrestre; mais les opinions
sont partagées quant à la nature des liens qui
existent entre ces divers phénomènes et à la cause
ou aux causes qui les produisent Existe-t-il un
feu *central* ou simplement un foyer souterrain ?
Le feu terrestre est-il universel, est-il local ?

La question de la chaleur du globe a préoccupé depuis cinquante ans les plus illustres phy-
siciens et les plus savants géomètres. Qu'il nous
suffise de citer Ampère, Poisson, Fourier, Humboldt, Arago, Delaunay, etc., parmi les morts ;
Élie de Beaumont, Daubrée, Hopkins, Thompson,
Hunt, etc., parmi les vivants. Or, les uns adop-
tent un système que les autres combattent ;
mais on comprend que, tout en prenant parti
pour Ampère, Poisson, Thompson, etc., contre
Élie de Beaumont, Fourier, Arago et réciproquement, on doive se montrer plein de déférence
pour de tels adversaires, dont on peut tout au plus
comprendre les travaux, loin de les critiquer.

7. Babinet fait judicieusement observer que
la durée du jour seule est invariable, que c'est la
seule mesure exacte du temps, les autres, comme
l'année, étant susceptibles de variation. Or, il
pense que si de grandes chutes de matériaux ont
eu lieu de la surface de la terre vers son centre,
la rotation a dû être accélérée. En effet, la vitesse va en diminuant de la surface des diverses
parties du globe, au centre, et dès lors les matériaux qui tombent de la surface communiquent
à ceux qui sont près du centre un accroissement
de vitesse qui détermine comme conséquence
une diminution de la durée du jour.

Mais d'autre part, on sait que, depuis qu'on a
pu l'observer, la durée du jour est restée la
même. Les anciens ont mesuré plusieurs périodes
astronomiques avec le jour de leur époque, et
ces périodes ont aujourd'hui encore la même
durée quoiqu'elles soient évaluées en jours de
notre temps.

On verra plus loin, dans les marées, une cause
non d'accélération mais de ralentissement du
mouvement de rotation de la terre.

8. Un corps liquide qui n'est soumis à aucune action étrangère à celle qui lie ses molécules entre elles prend la forme sphérique. C'est la forme de la goutte d'eau, de la goutte d'huile, de la goutte de mercure, etc., versées sur une surface que ces liquides ne mouillent pas.

Il faut en effet, lorsque les molécules d'un corps sont libres, que dans leur mode de groupement il n'y ait, pour ainsi dire, rien qui soit particulier à l'une d'elles, mais que tout soit égal pour chacune. Or, la forme sphérique est la seule dans laquelle ces conditions de symétrie et de réciprocité peuvent être réalisées. Aussi tous les corps célestes sont-ils sphériques, car leurs molécules se sont groupées dans l'espace à l'abri d'actions étrangères à leurs influences réciproques.

On fait, dans les cours de physique, une expérience ingénieuse due à M. Plateau, de Gand (Belgique), et qui consiste à suspendre une certaine masse d'un liquide dans l'intérieur d'un autre liquide de même densité. Ainsi, d'une part, on mélange, à volumes égaux, de l'eau et de l'alcool. Le liquide ainsi formé a la densité de l'huile ; on introduit ensuite, au moyen d'une pipette, une certaine quantité d'huile dans l'intérieur de ce liquide. L'huile ne tend ni à monter ni à descendre, puisqu'elle a même densité ; elle reste donc en suspension, et on lui voit prendre la forme sphérique.

Si l'on passe une longue aiguille très-fine au travers de cette masse sphérique et par le milieu, puis, qu'on imprime un mouvement de rotation, la sphère s'aplatit, et d'autant plus que le mouvement est plus rapide. Les molécules décrivent en effet des cercles d'autant plus grands qu'elles sont plus éloignées de l'aiguille. Or la force centrifuge croît proportionnellement à cette distance. Si l'on regarde l'aiguille comme l'axe de cette sphère, les points d'entrée et de sortie seront les pôles, et le grand cercle perpendiculaire à l'axe sera l'équateur.

Il y a donc, à l'équateur, une accumulation de matière qui a lieu aux dépens de la matière des pôles, et ce mouvement étant progressif du pôle à l'équateur, la forme de la groutte d'huile est sensiblement sphérique malgré le léger aplatissement et le renflement qui en est la conséquence.

Il est d'ailleurs naturel de penser que l'aplatissement est d'autant plus grand que la rotation est
plus rapide. Aussi les diverses planètes ne le
présentent-elles pas au même degré.

Dès que la croûte de la terre a été formée, la
figure de notre globe s'est trouvée arrêtée, mais
la force centrifuge ne continue pas moins son
action.

---

9. Outre ces nébuleuses apparentes et qui
se résolvent en étoiles, lorsqu'on les observe avec
des instruments, il existe des amas de matière
d'un faible éclat qui présentent l'aspect de nuages
lumineux et qui ne sont pas résolubles en
étoiles. La forme de ces nébulosités est très-
variable : « elles affectent, comme dit Arago,
toutes les figures fantastiques des nuages emportés et tourmentés par des vents violents et
contraires. »

C'est à Tycho-Brahé qu'il faut faire remonter
la première idée de la transformation des nébuleuses en étoiles. Elle lui vint à la suite de l'ap-

parition subite, en 1572, d'une nouvelle étoile dans le ciel. Mais cette hypothèse ne devait prendre corps qu'après les remarquables observations d'Herschell, dont l'esprit ingénieux et fécond était secondé par les instruments les plus puissants à cette époque. En 1785, et dans les années qui suivirent, il constata l'existence de nébulosités sensiblement arrondies ayant au centre un point plus ou moins brillant ; l'éclat du noyau était d'autant plus grand que la nébulosité était plus pâle; il en conclut que la même nébuleuse devait passer par les divers états où se trouvaient les diverses nébuleuses, comme on peut conclure, en voyant dans la société humaine un enfant, un jeune homme, un homme, et un vieillard, que chaque homme est appelé à passer par toutes ces phases de la vie. Il conclut donc qu'il existe des étoiles brillantes entourées de nébulosité et sur lesquelles cette nébulosité se concentre de plus en plus. Ce sont en quelque sorte des ébauches d'étoiles ou de soleils qui deviennent étoiles ou soleils au bout d'un temps plus ou moins long.

Si l'on observe l'étendue considérable occupée

par une nébuleuse, il est difficile de se faire une idée nette du degré de condensation prodigieux qui amène la nébulosité aux proportions d'une étoile, qui pourtant elle-même a des dimensions si considérables.

Arago a précisé de la manière suivante la succession des phases de la nébuleuse. La matière d'abord répandue se rassemble sur un ou plusieurs points ; en même temps, des vides se produisent sur d'autres points. Les espaces vides augmentent et il se forme des nébuleuses partielles autour de chaque centre de condensation. Leur contour s'arrondit, l'intensité de la lumière est plus grande au centre qu'aux bords, et il se forme un ou plusieurs noyaux qui deviennent de plus en plus apparents. Ce sont des étoiles entourées de nébulosité, qui seront dans la suite des étoiles proprement dites ou des soleils. Les savants de l'avenir pourront, en comparant, sur les dessins fidèles qu'on a faits des nébuleuses existantes, leurs formes d'aujourd'hui avec celles qu'elles affecteront alors, voir si les modifications prévues se sont accomplies et si les présomptions étaient fondées.

10. M. Delaunay a trouvé dans le phénomène des marées une cause de ralentissement du mouvement de la terre. On sait que, sous l'action de notre satellite et du soleil, les eaux tendent à s'élever en deux points diamétralement opposés, et placés sur la ligne qui joint le centre de la terre au centre de la lune. Si pour un instant les deux astres restaient immobiles, les eaux formeraient en effet deux élévations, l'une en regard de la lune, l'autre dans le point opposé. Mais le déplacement de la terre et de la lune détermine celui des deux montagnes liquides. Or, dans leur mouvement les eaux éprouvent des frottements sur leur fond et des résistances. Elles se trouvent constamment en retard sur la position que la théorie leur assigne. Aussi la pleine mer n'arrive-t-elle pas au moment même du passage de la lune au méridien, mais bien quelque temps après ce passage. Ajoutons que la surface de la terre n'est pas recouverte en entier par les eaux et que les continents ajoutent encore aux difficultés qu'éprouvent les eaux dans leurs mouvements.

L'une des deux montagnes liquides, la plus

rapprochée de la lune est attirée par cet astre,
qui la traîne pour ainsi dire après lui ; l'autre,
la plus éloignée, est dans le même cas que si
elle était repoussée par le même astre. Il résulte
de là deux forces sensiblement égales, agissant
en sens contraire, aux extrémités d'un même
diamètre terrestre, et exerçant leur double action
en sens inverse du mouvement de la terre, d'où
doit résulter dans l'avenir le ralentissement de la
rotation de notre globe.

---

11. L'aspect de la surface de la lune ne permet guère de supposer que la vie y est répandue
comme sur la terre. L'expérience montre en
effet qu'il n'y a pas d'atmosphère. S'il existait
une couche gazeuse autour de la lune, elle produirait des effets semblables à ceux que produit
l'atmosphère terrestre. Les rayons lumineux
seraient déviés ou réfractés, ce qui produirait le
crépuscule comme à la surface de la terre. Or, si
l'on observe la lune en partie éclairée, on ne
voit aucune transition entre la lumière et l'ombre ; une ligne nette les sépare. Ce n'est pas

graduellement que la lumière s'avance, un demi-jour ne précède pas le jour éclatant, mais au contraire le jour succède brusquement à la nuit.

En outre, supposons que la lune vienne à passer devant une étoile : si elle possédait une atmosphère, les rayons venant de l'étoile seraient infléchis en rasant les bords ; de sorte que nous verrions l'étoile un instant après qu'elle aurait passé derrière la lune et lorsqu'elle devrait être cachée par cet astre, puis nous la verrions un peu avant qu'elle n'émerge du bord opposé. Ainsi, à cause de l'atmosphère, l'occultation ou l'éclipse de l'étoile devrait se trouver diminuée. Or, il n'en est rien.

Enfin, on ne remarque jamais de nuages ni de vapeurs d'aucune sorte. Seules, les vapeurs répandues dans notre propre atmosphère nous cachent quelquefois notre satellite ; or il serait au moins étrange, si la lune avait une atmosphère, que la transparence en fût toujours parfaite.

De l'absence d'air autour de la lune, on peut conclure à l'absence d'eau à sa surface. La phy-

sique nous enseigne que, s'il existait des mers
lunaires, elles émettraient des vapeurs qui formeraient une atmosphère.

S'il n'y a ni air ni eau ; aucun être vivant, végétal ou animal, ne peut y vivre. La lune est donc
un désert.

Enfin, comme l'air est le véhicule ordinaire
des sons, on peut dire que la lune n'est pas
seulement un désert, mais un désert où règne un
silence absolu.

Le jour lunaire, qui est 27, 4 fois plus long
que le jour terrestre, se partage sensiblement
en deux parties égales répondant l'une au jour,
l'autre à la nuit. Cela fait donc un jour de quatorze fois vingt-quatre heures suivi d'une nuit de
même durée.

Pendant ces longues journées, les rayons solaires tombent d'aplomb, et la chaleur est incomparablement plus intense que celle qui règne à
l'équateur terrestre. Rien ne la tempère : ni le
vent, puisqu'il n'y a pas d'air ; ni la pluie, puisqu'il n'y a pas d'eau.

A ces journées brûlantes succèdent des nuits
glaciales d'une égale durée. Le refroidissement

est d'autant plus rapide que la chaleur a été plus grande. L'absence d'atmosphère et de vapeurs le rend encore plus rapide ; on peut tout au plus comparer ce froid à celui de nos régions polaires.

Ces froids rigoureux succédant à des chaleurs intenses sont une nouvelle preuve à ajouter à celles déjà données que la lune n'est point habitée.

Enfin, les saisons n'y varient pas d'une manière très-sensible; au pôle comme à l'équateur, les phénomènes sont à fort peu près les mêmes sur tous les points de la lune.

Pendant ces longues nuits, un magnifique *clair de terre* éclaire la lune ; la terre produit à la surface de la lune l'effet d'une lune environ quatorze fois plus grande. Comme les phases lunaires et terrestres sont complémentaires, c'est-à-dire qu'à la pleine lune répond la nouvelle terre, et réciproquement, et au premier quartier lunaire le dernier quartier terrestre, on peut voir dans une seule de ces longues nuits lunaires de quatorze jours la terre passant par plusieurs phases sans discontinuité.

LES MOUVEMENTS DE LA MER

Je ne rappellerai pas que la terre est un soleil éteint, que sa croûte est à peine formée ; que les volcans, les tremblements de terre, les sources thermales, révèlent sa fusion primitive aussi bien que son incandescence actuelle à l'intérieur.

Quand la croûte terrestre fut refroidie, les eaux suspendues en vapeurs se précipitèrent en pluie sur la surface du globe qu'elles couvrirent de toutes parts, et formèrent la mer sans limites des premiers âges. L'atmosphère épurée s'éclaircit et livra passage aux rayons du soleil naissant.

Les vapeurs souterraines, cherchant une issue, ont soulevé et brisé la croûte sur un grand nombre de points. Alors se sont montrés les premiers fragments de ces chaînes montagneuses qui sont comme l'ossature du globe et entre lesquelles les eaux se sont rassemblées.

Puis, à des intervalles de temps inconnus, de nombreuses évolutions, dont on retrouve aujourd'hui les traces, ont successivement transformé le sol de notre planète. A mesure que l'étendue de l'élément aride augmentait, la part des eaux s'est trouvée amoindrie en surface et accrue en profondeur. L'océan sans rivage des premiers temps a été ainsi divisé en de nombreuses mers enfermées par les continents devenus de plus en plus étendus.

Mais si l'espace occupé par les mers a été considérablement réduit, elles occupent encore les trois quarts de la surface du globe. Cette immense masse d'eau est loin d'être immobile, bien qu'elle soit enfermée dans des limites qu'il lui est interdit de franchir. Tout d'abord, l'agitation de l'atmosphère produit à sa surface ces vagues, quelquefois terribles, comme celles qui, vers les parages périlleux de la Terre de Feu, s'élèvent menaçantes jusqu'à vingt mètres de hauteur. Et pourtant, si on les compare à l'étendue de

la mer, elles sont bien moins grandes que les
rides produits par le souffle d'un vent léger
sur les pièces d'eau de nos parcs.

Le lit dans lequel les eaux s'agitent est plein
d'inégalités, qui forment les hauts et les bas-fonds
ainsi que la variété de nos côtes. Aussi la couleur et l'aspect des mers sont-ils tout différents,
selon les lieux ; pendant le calme ou au milieu
de la tempête. Il n'est pas jusqu'à ce brillant
phénomène de la phosphorescence qui, pendant
les nuits obscures, illumine les mers, qui n'en
vienne encore modifier l'aspect.

Mais ce ne sont là que des phénomènes irréguliers ; il y en a d'autres dont la périodicité a
frappé de tous temps les hommes qui habitent
les rivages de l'Océan : je veux parler de ces
mouvements qui nous appelons *flux* et *reflux* et
dont l'ensemble constitue les *marées*.

Chaque jour, pendant six heures environ, la
mer découvre la plage en s'éloignant du rivage,
ou bien s'abaisse le long de la falaise : c'est le
flux. A peine six heures se sont-elles écoulées,
que les eaux reviennent ; pendant six heures,

elles s'avancent avec une persistance continue et regagnent leur niveau ou la rive qu'elles avaient abandonnée. Pour elles, point de repos : à peine ont-elles mouillé le rivage qu'elles s'en éloignent encore pour le recouvrir à nouveau sans le dépasser jamais. La parole du Psalmiste revient à la pensée : « Tu n'iras pas plus loin ! Tu mettras un frein à la fureur de tes flots et là tu briseras l'orgueil de tes vagues superbes ! » Comment cette docilité d'un élément terrible et indomptable n'aurait-elle pas frappé les hommes d'étonnement et d'admiration ? Les soldats d'Alexandre le Grand qui ne connaissaient que les rives tranquilles de la Méditerranée furent saisis de crainte et de stupeur lorsque, parvenus, au cours de leurs conquêtes, sur les bords de l'Océan, ils virent pour la première fois se retirer les eaux qui, le matin, recouvraient la plage.

Où vont ces eaux qui fuient ainsi le rivage ? Vont-elles combler quelque abîme inconnu ? Non. Elles s'élèvent en montagnes liquides du sein des océans, et, lorsqu'on cherche la cause de cette ascension, on voit dans l'espace la lune qui semble les appeler. Comme si elles obéis-

4

saient à son appel, elles se ramassent et affluent
de toutes parts vers le point le plus proche de
l'astre. La mer s'élance vers la lune, mais sans
parvenir à rompre la chaîne qui la tient attachée à la terre, image de l'homme qui, porté
par ses aspirations vers les choses élevées, reste
fixé à la terre par ses instincts inférieurs.

Il peut se faire que la lune soit cachée par les
nuages, ou qu'elle tourne vers nous sa face obscure, les eaux, toujours dociles, toujours sou-
mises à sa mystérieuse attraction la suivent et
recommencent sans cesse, sur des points divers,
leur ascension impuissante.

Si la terre et la lune étaient immobiles, l'élévation des eaux se serait produite une fois pour
toutes et la surface des mers serait bombée vis-
à-vis de la lune, mais les astres se meuvent — la
terre tourne sur elle-même en vingt-quatre heures
et la lune tourne autour de la terre. — La terre a
tourné ; la lune a passé ; la montagne humide
s'écroule ; les eaux reviennent vers les rivages
précédemment abandonnés, pendant qu'elles
abandonnent de nouveaux rivages. C'est le reflux pour les uns, pour les autres c'est le flux.

Le flux s'est produit sur tout le contour de l'hémisphère en regard de la lune ; la haute mer a lieu pour le point du globe placé juste en face de notre satellite.

La terre, dans sa rotation, présente successivement à la lune tous les points de sa surface. Si la lune ne se déplaçait pas, ce serait toutes les vingt-quatre heures que la haute mer aurait lieu régulièrement pour un même point. Par suite du déplacement de la lune, c'est toutes les vingt-cinq heures que le phénomène se produit. Ce qui se passe sur l'hémisphère terrestre en regard de la lune se passe également sur l'hémisphère opposé et au même instant. Il y a de cette façon deux hautes mers et deux basses mers, en même temps, sur des points diamétralement opposés. Pendant que d'un côté la mer s'élève au-dessus de son propre fond, sur le point diamétralement opposé, à l'antipode, c'est la mer qui semble restée en arrière et son fond qui paraît s'éloigner sous elle [1].

La lune n'est pas seule à agir ; le soleil a également une action sur les eaux de la mer ; mais bien que celui-ci soit 70 *mil-*

lions de fois plus gros que la lune, et 30 *millions de fois plus lourd,* comme il est *quatre cents fois plus éloigné* de nous, il s'ensuit que son action n'est guère que la *moitié* de celle de la lune.

A la noùvelle et à la pleine lune, les deux astres agissent de concert : les marées sont plus hautes. Au premier et au dernier quartier, c'est l'inverse : les marées sont plus basses.

Le soleil, la lune et la terre ne restent pas à la même distance les uns des autres ; leurs positions relatives ne sont pas les mêmes aux diverses époques de l'année. De là de nouvelles variations dans l'intensité des marées.

Tant que la mer trouve un vaste champ pour ses ébats, elle est douce, ses lames s'étalent librement. Mais vienne un obstacle !... Avez-vous remarqué, vers le soir, la rentrée des moutons à l'étable ? D'abord le troupeau marche en rangs pressés, hâtant le pas devant les chiens vigilants qui le harcèlent. Arrivés à la porte, les moutons se précipitent en tumulte vers l'entrée, et, dans leur élan, les derniers montent sur ceux qui les précèdent.

Ainsi les eaux, resserrées dans ces passages qu'on nomme des détroits, s'accumulent, se pressent, s'élèvent lames sur lames jusqu'à de grandes hauteurs. Aussi, tandis qu'en liberté sur l'immense plaine des océans, leur élévation ne serait que de *cinquante centimètres* par l'action de la lune seule, de *soixante-quinze* par celles de la lune et du soleil combinées, on voit, dans la Manche, par exemple, la mer monter de dix à quinze mètres [2].

A l'embouchure des fleuves, une lutte s'établit entre les eaux du fleuve et celles de la mer. Le fleuve est refoulé vers sa source, la mer le chasse dans l'intérieur des terres. Une *barre*, un *mascaret*, un barrage liquide formé par la mer arrête l'écoulement des eaux du fleuve qui se déversent sur ses rives et les rongent. Le mouvement se fait quelquefois sentir au loin dans les rivières : la Seine, par exemple, remonte jusqu'à Rouen à l'heure de la haute mer.

C'est bien au moment du passage de la lune au méridien que l'attraction exercée par cet astre est la plus grande. Ce n'est pourtant pas à ce moment que la haute mer se produit. Il y a un

4.

léger retard dû en partie à la vitesse acquise
précédemment par les eaux et en partie au frot-
tement qu'elles éprouvent sur leur lit.

La Méditerranée, la mer Caspienne, les lacs
offrent une trop petite masse d'eau à l'action des
astres, les frottements y sont d'ailleurs considérables et par suite les marées faibles ou insensibles.

C'est principalement aux marées qu'il faut attribuer l'action des eaux sur les rivages. Sur les
côtes bordées de falaises, la rive est peu à peu
rongée par la vague, qui en sape incessamment
la base. La mer s'avance progressivement dans
les terres. Les plages, au contraire, s'enrichissent
des débris ballottés par les eaux et réduits en
fragments de plus en plus ténus; c'est alors la
terre qui gagne sur la mer. Sur d'autres points,
il se forme un bourrelet sablonneux, que le
vent dessèche et entraîne dans l'intérieur des
terres transformées ainsi en dunes, qui étaient
stériles avant les travaux de Brémontier [3].

Si les marées ont été connues dès la plus haute
antiquité, l'Océan présente d'autres phénomènes

qui sont restés ignorés jusqu'à nos jours ; je veux parler des *courants de la mer*. Déjà, dans le journal de bord de Christophe Colomb, nous en trouvons une première indication : « Les eaux vont comme le ciel », écrivait ce hardi navigateur. Mais les premières données précises d'un des courants de l'Atlantique ne nous furent fournies qu'en 1770 par Franklin. Il avait observé une différence sensible dans la durée de diverses traversées d'Angleterre aux États-Unis, et, s'étant adressé, pour en trouver l'explication, à un vieux baleinier du nom de Folger, celui-ci lui avait révélé l'existence d'un courant dont on devait la connaissance aux habitudes des baleines, qui l'évitaient avec soin. Ce courant contribuait à accélérer la marche des bâtiments qui s'y engageaient [*].

C'est à Maury, officier distingué de la marine américaine, que l'on doit la connaissance plus approfondie des courants de la mer. Grâce à ses études, à ses travaux, à son intuition, nous savons que l'Océan est sillonné, animé par des fleuves qui forment comme un vaste réseau circulatoire ; que la terre, ce corps immense, a

pour ainsi dire un cœur, des veines et des ar-
tères.

Étudions d'abord l'un de ces courants, le plus
connu, celui qu'on appelle le courant du golfe,
le *Gulf-stream*, qui nous servira comme de
type.

« Il est un fleuve au sein des mers, s'écrie
Maury dans ce noble langage de ceux qui ont
une foi vive et un ardent amour de la nature, il
est un fleuve au sein des mers. Dans les plus
grandes sécheresses, jamais il ne tarit ; dans les
plus grandes crues, jamais il ne déborde. Ses
rives et son lit sont des couches d'eau froide entre
lesquelles coulent à flots pressés ses eaux tièdes
et bleues. Plus majestueux que le Mississipi, plus
impétueux que l'Amazone, le volume de ses eaux
est mille fois plus grand que celui de ces fleuves
réunis. »

Nous admirons le Rhin, l'un des plus beaux
fleuves de notre Europe, d'un parcours d'environ
300 lieues ; sa rapidité et sa profondeur nous
émeuvent. Mais transportons-nous en Amérique :
voilà le Mississipi avec son cours de 800 lieues,
l'Amazone avec le sien de 1,300 et son estuaire de

70 lieues de large à l'entrée. Ajoutez par la pensée ces deux masses d'eau, répétez-les mille fois et vous aurez le Gulf-stream. Et au sein des mers nous pouvons compter de ces fleuves en grand nombre !

Le Gulf-stream prend sa source dans le golfe du Mexique, sort par le détroit de la Floride, coule vers le nord, où il se divise en plusieurs branches, dont une retourne au sud le long de la côte occidentale de l'Europe et de l'Afrique. Sa largeur, à la source, est de 14 lieues ; à l'embouchure, vers le nord, elle est de 1,000 ; sa vitesse est de 2 lieues à l'heure ; sa profondeur, d'abord de 300 mètres, atteint jusqu'à 1 kilomètre.

La température du Gulf-stream est de 30 degrés ; il la conserve sensiblement jusqu'à son embouchure, malgré le froid des rives entre lesquelles il coule. C'est à cette douce influence du Gulf-stream qu'il faut attribuer la différence si frappante que l'on constate dans la température des côtes orientales et occidentales de l'Europe. Aussi les côtes occidentales de la Norvége et des îles Shetland sont-elles parées de plantes des tropiques dont les germes sont apportés par le bienfaisant courant, et qui se développent au sein d'une atmosphère attiédie, tandis que les brumes glacées assombrissent les bords opposés. Le courant fait à lui seul les frais d'une vaste serre chaude : il apporte les graines et la chaleur. Le contraste est marqué entre les côtes occidentales et les côtes orientales de la Norvége, et on le retrouve sur toutes les côtes de l'Europe.

Ce noble fleuve ne conserve pas jusqu'au bout la largeur de sa nappe. L'obstacle que lui opposent les eaux glacées qu'il traverse force son courant à se diviser en trois bras. Cette lutte qui se reproduit dans l'atmosphère entre les courants d'air chaud et d'air froid engendre des tempêtes souvent formidables.

Mais voici un effet non moins curieux du Gulf-stream : il retient en suspension dans ses eaux tièdes des myriades d'animalcules microscopiques, dont 40 millions tiendraient dans un dé à coudre. Ces animalcules cheminent donc en légions innombrables, emportés dans les flots du courant ; mais lorsque le fleuve arrive au

terme de sa course, le contact des eaux glacées
du pôle porte la mort dans les rangs de cette
multitude sous-marine, dont les débris s'entassent au fond de la mer.

Avez-vous remarqué, par les calmes et froides
journées d'hiver, lorsque la neige tombe abondante et menue, les effets qui se produisent à la
surface du sol ? C'est d'abord un léger voile demi-
transparent jeté sur la terre. On voit encore les
ondulations du sol et ses teintes variées. Mais
la neige tombe toujours, et c'est bientôt un
linceul. Tout est uniforme : plus d'accidents de
terrain, plus de distinction entre la prairie et
la route. Et la neige tombe toujours, et la couche
toujours s'épaissit. Ainsi la poussière d'animalcules s'accumule depuis des siècles, et forme
un lit épais, s'étendant sur une surface considérable.

En même temps, de véritables montagnes de
glace dont la crête seule émerge au-dessus du
niveau des mers et dont la base reste plongée
dans les eaux jusqu'à de grandes profondeurs descendent du pôle, emportant dans leurs
flancs d'énormes fragments de roches arrachés

au sol, viennent fondre à la rencontre des eaux
chaudes du Gulf-stream. La glace fond, les roches
tombent et s'enfouissent dans la couche des animalcules. C'est ainsi que se forment les bancs de
Terre-Neuve.

Quel exemple plus saisissant du contraste de
la faiblesse de la cause avec la puissance de
l'effet ! D'une part la poussière d'animalcules invisibles, de l'autre, l'étendue et la solidité des
terrains ainsi formés. Ce n'est pas le seul que
nous ayons à citer. Sur un grand nombre de
points dans les divers Océans, s'élèvent des
constructions naturelles, aussi élégantes que
solides, et dont certains animalcules sont les fra-
giles architectes. Ce sont là les récifs si redoutés
des navigateurs, ce sont les îles *madréporiques*
éparses dans le Pacifique. Ainsi ces *infinis vivants*, selon la pittoresque expression de Mi-
chelet, préparent silencieusement les continents
de l'avenir.

On le voit, c'est aux effets lents et continus
plutôt qu'aux effets brusques et violents qu'il
faut attribuer les plus grands résultats dans les

formations terrestres. De même, dans la vie, c'est à la persévérance, à la constance dans la poursuite du but que le triomphe est assuré.

Après avoir lutté contre les glaces polaires, le courant du golfe se recourbe et longe la côte occidentale de l'Europe et de l'Afrique pour retourner à son point de départ. La partie de l'Océan entourée par le courant circulaire devient le rendez-vous de toutes les épaves, de tous les débris rejetés du sein des eaux, ainsi qu'on voit dans un bassin où les eaux tourbillonnent se rassembler au centre tous les corps qui flottent à la surface. C'est la *prairie de la mer*, comme disait Colomb, à la vue de cette immense étendue recouverte de fucus entrelacés, et offrant de loin l'aspect de vastes plaines de verdure. C'est la *mer des Sargasses* (*Fucus natans*), où les vaisseaux se déplacent quelquefois difficilement, ce qui porta le découragement dans l'âme des compagnons de Colomb, car ils se crurent condamnés à une mort certaine en voyant entravée la marche de leur navire.

Enfin, le courant du golfe retourne à sa source

5

pour recommencer sa marche éternelle. Sans
doute une des branches du Gulf-stream se glisse
sous les glaces qui forment une ceinture autour
de ce point où l'on soupçonne la mer polaire.
Kane a pu, dit-on, au prix de souffrances inouïes,
traverser la banquise de glace et jeter un coup
d'œil rapide sur ces solitudes ignorées.

Maintenant que vous comprenez ce qu'est un
courant par l'examen que nous venons de faire
du Gulf-stream, vous n'aurez pas de peine à vous
figurer des fleuves analogues dans toutes les mers.
Les Japonais ont nommé *Fleuve Noir* celui qui
coule dans leurs parages. Il en est un qu'on nomme
le *courant de Mozambique*; puis il y a celui de
Humboldt, le long du Pérou, etc. Ils ne diffèrent
que par l'intensité et la variété de leurs effets.

Ces courants se manifestent à la surface aussi
bien que dans les profondeurs, quelquefois se
superposant et marchant en sens contraire.
Ainsi, à Gibraltar, un courant de fond amène les
eaux de l'Atlantique dans la Méditerranée et rend
à cette mer ce qu'elle perd par une évaporation
très-active. En effet, la Méditerranée aban-

donne à l'état de vapeur trois fois plus d'eau
qu'elle n'en reçoit des fleuves qui se jettent dans
son sein. De même, les eaux de l'océan Indien
réparent constamment les pertes qu'éprouve la
mer Rouge sous un soleil ardent, entre des
rives brûlantes et arides : il y existe deux courants, l'un de surface qui transporte les eaux
vers le fond du golfe, l'autre de fond qui les
ramène vers l'océan Indien.

Les courants se révèlent aux yeux des navigateurs par des moyens divers. Par exemple, un
marin laisse couler au bout d'une corde un seau
avec un boulet et des matériaux offrant beaucoup de surface, et aussitôt sa chaloupe change
de direction ; un courant sous-marin entraîne
seau et matériaux qui, à leur tour, emportent
l'embarcation à laquelle ils sont attachés. On
retrouve parfois la même baleine sous des latitudes différentes. L'animal attaqué dans d'autres
parages, et ayant échappé à la poursuite du
pêcheur, emporte dans ses flancs le harpon qui
devait lui donner la mort, comme le soldat porte
parfois dans ses chairs la balle qui l'a frappé.

Sur l'animal capturé, on retrouve le harpon portant la marque du premier baleinier, et, par là, on a des indices sur la route suivie par la baleine et sur l'existence probable de certains courants.

On rencontre en divers lieux, souvent bien éloignés du point où elles ont été jetées à la mer, des bouteilles hermétiquement fermées, témoins muets qui apportent à l'hydrographe des renseignements irréfutables sur les courants qui les ont entraînés.

Le thermomètre nous offre encore un des moyens les plus précis de reconnaître la présence des courants, en nous permettant de constater la différence entre la température de leurs eaux et celle des eaux qui en forment les rives, aussi sûrement que le pourrait faire une différence de teinte.

Des causes très-diverses, dont la principale est la chaleur solaire, produisent les courants de la mer. Directement ou indirectement, c'est toujours au soleil qu'il faut rapporter l'origine de tous les phénomènes terrestres. En élevant la température des eaux sous la zone torride, le soleil les rend plus légères et détermine en même temps une évaporation rapide ; le froid des pôles en les condensant les rend plus lourdes. De cette différence de densité résulte un double courant général de l'équateur vers les pôles et inversement.

Mais plusieurs causes particulières viennent influer sur la direction de ce courant et le modifier.

Les eaux et les terres sont inégalement distribuées à la surface du globe. Dans l'hémisphère sud domine l'élément liquide ; la terre ferme, au contraire, s'étend dans la plus grande partie de l'hémisphère nord. En outre, les continents présentent les formes les plus variées. Le bassin des mers n'est pas moins accidenté : on y trouve des plaines et des montagnes ; ainsi l'océan Atlantique comble une vallée profonde, qui sépare l'Europe et l'Amérique. A ces causes, ajoutons encore le maximum de densité que l'eau de mer atteint à 2°,5 au-dessus de zéro ; les variations dans le degré de salure des eaux, variations dues aux différences des températures ; les pluies abondantes qui, du penchant des collines dans les ruisseaux, des ruisseaux dans les fleuves, des fleuves dans la mer, en entraînant le carbonate de chaux qui doit alimenter les millions de ma-

drépores, modifient la constitution des eaux ;
enfin le mouvement de la terre et l'action des
vents.

Est-il nécessaire de signaler l'utilité de la connaissance des courants? Ne voyez-vous pas que ce
sont, suivant l'expression de Pascal, de « grands
chemins qui marchent » à travers l'immensité de
l'Océan ! Le navigateur ne se laisse plus aller au
gré des vents sur la plaine liquide ; sa route est
tracée d'avance. Le temps est économisé, les
souffrances et les dangers sont évités, et le vais-
seau battu par la tempête au milieu de l'Océan
peut encore espérer des secours, s'il est entraîné
par les courants, car il est alors sur un chemin
fréquenté [6].

La mer ne nous apparaît plus comme une
masse d'eau immobile, à peine ridée par les vagues. C'est une circulation des eaux analogue à la
circulation du sang chez les animaux ou à celle
de la séve chez les végétaux. Du sud au nord,
du nord au sud, on voit les courants, comme
un sang vivifiant, porter la chaleur et la

vie dans tous les points du globe, adoucissant
la rigueur des hivers polaires, tempérant les ardeurs des étés équatoriaux, rétablissant dans une
certaine mesure l'équilibre entre les climats. La
terre ne vit plus seulement par les végétaux
qui l'ornent et par les animaux qui la peuplent,
elle s'anime d'une vie propre. Pendant que le
feu gronde dans son sein, la vie court par de
nombreux canaux à sa surface, et nous la ver-
rons bientôt s'animer complétement lorsque nous
aurons fait connaître ce second océan qu'on
nomme l'atmosphère.

NOTES COMPLÉMENTAIRES.

1. On comprend bien l'accumulation et l'élévation des eaux sur le point de la terre qui est le
plus rapproché de la lune, mais on ne s'explique
pas aussi bien l'élévation des eaux sur le point
diamétralement opposé, c'est-à-dire aux anti-
podes du premier. Pour s'en rendre compte, il
faut se rappeler que l'attraction varie avec la
distance et qu'elle est d'autant plus faible que la
distance est plus grande. D'après cela, l'attraction
de la lune est la plus grande sur le point de la
terre qui en est le plus rapproché, la plus petite
au point le plus éloigné ; quant aux points intermédiaires, c'est-à-dire le centre de la terre et
tous les points qui se trouvent sur le plan passant par le centre et perpendiculaire au diamètre
qui unit les deux premiers, l'attraction que la

lune exerce sur eux est plus faible que la première et plus forte que la seconde.

Imaginons maintenant, pour fixer les idées, trois points A, B, C, en ligne droite, le second B, au milieu de la ligne AC ; ces trois points figureront ceux dont nous venons de parler, celui du milieu B représente le centre de la terre. A se trouve attiré avec plus de force que B, et B se trouve attiré avec plus de force que C. Il en résulte que

1° La distance AB augmentera de l'excès du déplacement de A sur celui de B ; A sera donc plus éloigné de B, c'est-à-dire du centre, qu'il n'était avant l'attraction ; il y a donc élévation des eaux au point A ; 2° la distance BC augmentera de l'excès du déplacement de B sur celui de C ; C sera donc plus loin du centre qu'il n'était avant l'attraction ; il y aura donc élévation des eaux en C.

Ainsi, il y a bien deux élévations, mais tandis que l'une résulte d'un excès d'attraction au point A, l'autre est le résultat d'un défaut d'attraction au point C ; c'est ce qui nous a fait dire que la mer semble rester en arrière de son fond.

5.

2. L'élévation de la mer se produit d'une manière frappante dans la baie du Mont-Saint-Michel. Lorsque les eaux de l'Océan s'engagent dans la Manche par la large ouverture comprise entre la pointe de Cornouailles et les côtes de Bretagne, elles sont bientôt paralysées dans leur marche par l'étroitesse du détroit qui se resserre de plus en plus. De là résulte une première cause d'élévation anormale. La portion des eaux qui se dirige vers la presqu'île du Cotentin se heurte contre cette sorte de barrage puissant et retombe sur elle-même. Il se produit alors, mais dans de très-grandes dimensions, ce qu'on voit se passer contre les piles des ponts du côté de la source du fleuve. C'est là que la marée atteint sa plus grande hauteur, en même temps que les eaux sont animées des mouvements les plus violents et les plus divers, résultat des assauts désordonnés qu'elles livrent contre les falaises.

La mer n'est pas seulement violente dans ses effets, elle est rapide dans sa marche, et l'on sait qu'elle arrive du train d'un cheval au galop. Un grand nombre d'histoires dramatiques rappellent les dangers courus par d'imprudents touristes ou des pêcheurs téméraires qui ont failli être les victimes de ce retour rapide des eaux.

————

3. Brémontier, inspecteur général des Ponts et Chaussées (1738 - 1809), trouva en 1786 le moyen de fixer les dunes mouvantes comprises entre la Gironde et l'Adour au moyen de plantations de pins. Il importe de lier les grains de sable et en même temps de les abriter contre le vent qui les entraîne : les racines du pin constitueront le lien et son feuillage, l'abri. Il fallait, il est vrai, trouver un arbre modeste dans ses appétits, qui pût vivre facilement dans un sol ingrat. Or le pin s'enfonce dans la terre tout juste assez pour s'y fixer, il se nourrit peu par ses courtes et sobres racines, et puise surtout les éléments de sa nourriture dans l'atmosphère qui enveloppe son feuillage.

Ces plantations faites en vue d'arrêter le développement des dunes se trouvent être en même temps une source de richesses pour le pays. Le pin ne fournit pas seulement son bois, mais bien avant qu'on l'abatte, pendant un grand nombre

d'années, il a donné un produit précieux, la ré-
sine, de laquelle on retire l'essence de térében-
thine. A l'aide d'une hache, on pratique dans le
tronc du pin une entaille, et, de cette blessure,
coule le liquide qui s'accumule dans un vase
suspendu au tronc de l'arbre.

---

4. Pendant que Franklin était à Londres, en
1770, il eut occasion de consulter un mémoire
envoyé par le conseil des douanes de Boston, et
dans lequel ce conseil demandait que les paque-
bots qui allaient de Falmouth à Boston fissent
route, non pas vers Boston, mais vers la Providence, afin de diminuer la durée du trajet. Le
conseil se fondait sur ce fait d'observation que
les navires se rendant de Londres à la Providence
employaient quinze jours de moins que ceux qui
allaient de Falmouth à Boston: or, la distance de
Londres à la Providence est plus grande que
celle de Falmouth à Boston de tout le trajet qui
sépare Londres de Falmouth. Dès lors il était évident que si, à partir de Falmouth, tous les navires
eussent suivi la même route ils auraient mis
sensiblement le même temps.

Franklin ayant consulté le capitaine Folger qui faisait la pêche de la baleine, celui-ci lui apprit l'existence d'un courant ignoré des capitaines anglais et qui favorisait la marche des navires qui s'y engageaient. De cette époque date la première carte du Gulf-Stream; elle présente des indications aussi fidèles que celles qui sont fournies par les cartes actuelles.

———

5. L'océan Pacifique, de même que l'Atlantique, est sillonné par de nombreux courants, et on peut remarquer certaines analogies de quelques-uns de ces courants avec les branches du Gulf-Stream. Les différences que présentent l'étendue et la configuration du bassin des mers déterminent tout naturellement des modifications dans la forme, l'étendue et la rapidité de ces courants. C'est la couleur d'un bleu sombre du courant du Japon qui lui a valu son nom de *fleuve Noir*. Cette couleur tranche sur le fond clair de ses rives, et le thermomètre confirme cette séparation des eaux d'avec les eaux; la différence de température concorde en effet avec la différence de couleur.

C'est le fleuve Noir qui porte aux habitants des

îles Aléoutiennes le seul bois qu'ils possèdent.
Les troncs d'arbres arrachés aux côtes de la Chine
et du Japon fournissent la matière première des
canots, des armes, des outils dont font usage les
Aléoutiens.

Le courant *de Humboldt* est sans doute une
branche de ce nouveau Gulf-Stream ; il longe les
côtes du Chili et du Pérou, et apaise, dans ces
régions, les trop vives ardeurs du soleil, ce qui
rend le climat du Pérou particulièrement agréable.
Vers le sud, il suit la côte qui le rejette vers
l'ouest. Dans son circuit, il enferme une mer des
Sargasses moins bien délimitée que celle de l'Atlantique et de dimensions moins vastes. De nombreuses légions de petits animaux animent ces
prairies mouvantes : la terre est loin de présenter, à parité d'étendue, une telle profusion d'êtres
vivants, depuis ceux qu'on voit à l'œil nu jusqu'à
ces infiniment petits que révèle le microscope.
C'est qu'en effet on rencontre là des êtres infimes,
il est vrai, mais qui dans leur petitesse offrent les
plus grandes variétés de forme, d'organisation et
de mode d'existence. On y trouve des représentants des espèces terrestres, aquatiques et

aériennes. Les uns, grâce à leur petitesse et à leur légèreté, courent et volent au milieu des herbes comme dans une vaste forêt ; les autres peuplent les eaux sur lesquelles flotte la prairie.

6. Un des exemples frappants du parti qu'on peut tirer de la connaissance des courants nous est fourni par Maury : « Dans le mois de décembre 1853, dit-il, le *San-Francisco* partit de New-York pour porter, par le cap Horn, en Californie, un régiment des États-Unis. Il fut assailli en traversant le *Gulf-Stream*, par un coup de vent qui le mit dans un état déplorable ; son pont fut balayé par un coup de mer, qui lui enleva 129 personnes, officiers et soldats.

« Le lendemain de ce désastre, il fut vu par un navire, et quelques jours après, le 26 décembre, par un second ; mais ni l'un ni l'autre ne put lui porter assistance.

« Lorsque ces deux navires arrivés aux États-Unis firent leur rapport, les plus grandes inquiétudes s'éveillèrent sur la possibilité de sauver ces malheureux. On voulut envoyer des navires à leur recherche ; mais où devaient-ils aller, et

quelle portion de la mer devaient-ils explorer ?
Un appel fut fait aux lumières de l'observatoire
national sur la direction des courants et des vents
à cette époque.

« Après un examen approfondi des renseignements que l'on possédait sur ce sujet, on pré-
para une carte sur laquelle fut tracée la direction
du Gulf-Stream à ce moment de l'année. Dans la
supposition que ce steamer était complétement
désemparé, on traça des lignes comme limites de
sa direction, et c'était entre ces lignes, qu'après
le coup de vent il devait dériver.

« Je fus chargé de préparer des instructions
pour deux cutters, qui furent envoyés à sa recherche. Un d'eux qui était à New-Condon, dut
suivre une ligne déterminée, veillant le long de
cette ligne où avait dû dériver le bâtiment, avec
ordre de communiquer avec tous les navires en
retour qui auraient pu en voir les débris.

« Le cutter devait avancer jusqu'à un certain
point où il rencontrait la ligne de dérive du navire. Or, s'il était parti à temps, ses instructions
l'auraient conduit au point précis de ses recherches.

« Il est vrai de dire qu'avant la sortie du cutter, le *Kilby*, le *Three-Bells* et l'*Antartic* avaient eu le bonheur de trouver et de sauver les naufragés. Mais cela n'infirme en rien notre théorie.

« On fit même ici une belle application de ce système ; car la barque *le Kilby* qui avait vu le naufragé pendant le jour, l'ayant perdu de vue dans la nuit, sut par un raisonnement appuyé sur l'observation se diriger vers le point où ce navire avait dû disparaître, et le retrouver dans les environs de l'endroit où il supposait qu'il devait le voir. (Maury, *Géographie physique de la mer*, § 87). »

Citons encore d'après Maury le concours de vitesse de quatre navires américains, qui partirent, en automne 1852, de New-York pour la Californie. « Cette régate comprenait une distance considérable; et pourtant malgré des vicissitudes diverses, au milieu d'un océan dont la surface d'une mobilité incessante ne conserve aucune trace des sillages qui l'ont un instant déchiré, confiants dans les vents et les courants, ces navires, partis du même point, faisant la même route, se

rencontrent, se dépassent, se perdent de vue
pour se retrouver encore comme des voyageurs
sur la terre. Tandis que le chasseur le plus
expérimenté trace une marque sur les arbres de
sa route afin de ne pas s'égarer dans la forêt, le
marin, sans aucun point de repère apparent sur
la plaine liquide, mais guidé par la boussole et
les étoiles, se laisse transporter par les courants
et les vents. (*Géographie physique de la mer*,
§ 959.)

Maury compare fort justement le marin à
l'astronome. Un marin au milieu de l'Océan, dont
il contemple la surface et dont il interroge les
profondeurs, n'éprouve-t-il pas des impressions
et des sentiments analogues à ceux de l'astronome, lorsqu'il observe les astres et qu'il interroge dans la nuit les profondeurs des cieux! La
mer et le ciel sont également féconds en ensei-
gnements de toutes sortes. Or, la détermination
d'un point de la route suivie par un navire à
l'aide de l'observation et du calcul, la précision
du résultat, la marche assurée du navire envoyé
à la recherche et le succès obtenu, tout cela ne
rappelle-t-il pas la découverte à l'aide du calcul

de la planète Neptune par M. Le Verrier, la détermination du point de l'espace vers lequel il fallait diriger la lunette, et la découverte de l'astre par M. Galle, de Berlin. Ainsi le calculateur, sans rien voir de ses yeux, signalait à l'observateur la place que le calcul avait permis d'assigner à l'astre inconnu.

III

LES MOUVEMENTS DE L'ATMOSPHÈRE

L'atmosphère est une autre mer, plus légère, plus mobile et plus agitée. Elle n'a pas toujours été aussi simple dans sa composition que nous la voyons aujourd'hui. A l'origine, pendant la période d'incandescence du globe, elle était formée d'un grand nombre de gaz et de vapeurs diverses. Ces vapeurs qui flottaient autour du globe se sont successivement condensées à mesure que le refroidissement augmentait ; l'atmosphère s'est par là graduellement épurée et éclaircie, et il n'est plus resté qu'un mélange d'oxygène et d'azote, qui forme l'air que nous respirons.

L'oxygène est l'élément vital par excellence ; par lui se trouve produite la lumière de la lampe qui nous éclaire et la flamme du foyer qui nous échauffe ; c'est encore ce gaz qui entretient dans notre corps la chaleur permanente et constante dont la température est de 36 degrés. L'azote tempère l'action trop vive de l'oxygène, comme l'eau adoucit la force du vin ; il entre à lui seul pour les quatre cinquièmes environ dans la composition de l'atmosphère. Outre ces éléments essentiels, l'air contient aussi le gaz acide carbonique produit par les diverses combustions et par la respiration des animaux ou des plantes ; et enfin la vapeur d'eau provenant surtout de l'évaporation des mers. Telle est la composition de l'atmosphère.

Rien n'échappe plus au toucher que l'air lorsqu'il est calme. Au contraire, s'il est en mouvement il produit les plus violents effets. Depuis,

> Le moindre vent qui d'aventure
> Fait rider la face de l'eau

jusqu'à celui qui déracine le chêne altier, il y a tous les degrés dans la vitesse et la force de l'air en mouvement.

L'azur du ciel n'est autre chose que la couleur

de l'air. Incolore, tant sa couleur est claire, sous une faible épaisseur, — comme les eaux peu profondes, — il montre aux yeux ravis sa belle et pure teinte bleue dans les profondeurs de l'atmosphère. Il adoucit les contours des objets éloignés, il en efface les aspérités, il les baigne dans ses flots transparents qui revêtent les horizons lointains d'une nuance azurée [1].

L'air est pesant : un litre d'air pèse 1 gramme, 3 décigrammes. Mais son poids varie avec la hauteur qu'il occupe dans l'atmosphère. Plus on monte, plus on le trouve léger. Sur les sommets de l'Himalaya ou des Cordilières, il est déjà de moitié moins pesant.

On a calculé que l'atmosphère pouvait s'étendre à 12 ou 14 lieues, mais cette évaluation ne présente rien de précis. On ne saurait en effet assigner une limite déterminée à une masse de gaz, dont les molécules s'écartent de plus en plus et indéfiniment. Autant vaudrait tracer la limite qui sépare l'ombre de la lumière dans un corps arrondi. On sait que cette ombre s'affaiblit par degrés insensibles dont nulle ligne ne saurait marquer le bord [2].

Cette masse d'air exerce sur la terre une pression qui est en moyenne d'environ 200 kilogrammes sur un espace grand comme la main. La pression diminue à mesure qu'on s'élève, puisqu'elle se trouve diminuée de celle qu'exerce la masse d'air placée au-dessous ; elle augmente au contraire à mesure qu'on descend. Au pied d'une montagne elle est plus grande qu'à mi-côte, et, là, plus grande qu'au sommet.

Le baromètre mesure cette pression. Il monte si elle augmente, il baisse si elle diminue. D'où il suit que le baromètre est moins haut sur la montagne que dans la vallée qu'elle domine, et qu'il baisse de plus en plus lorsqu'on gagne des points de plus en plus élevés, comme il arrive lorsqu'on s'élève en ballon.

Que l'air s'échauffe en un lieu, il se dilate et s'élève ; sa pression sera moins grande, le baromètre descendra. Qu'il s'accumule sur un autre point, parce qu'il sera plus froid et se tassera, pour ainsi dire, la pression y sera plus forte, le baromètre plus haut.

On peut donc établir comme règle, que le baromètre et le thermomètre marchent en sens contraire dans un même lieu.

Les légères variations de hauteur de la colonne mercurielle du baromètre réfléchissent, pour ainsi dire, les grands mouvements de l'atmosphère. Aucune agitation ne se produit dans l'océan atmosphérique, autour du point occupé par le baromètre, sans que celui-ci ne la révèle aussitôt par ses oscillations. L'observateur qui l'interroge peut ainsi, sans sortir de son cabinet, connaître l'état de l'atmosphère au sein de laquelle il vit.

Si les deux océans, la mer et l'atmosphère, ont des points de ressemblance, ils diffèrent cependant sur d'autres points, non-seulement entre eux, mais dans leurs rapports avec nous. Ainsi, tandis que l'air enveloppe toute la terre, la mer n'en couvre qu'une partie, et encore y est-elle enfermée. Nous naviguons à la surface de l'une, et nous nous mouvons dans le fond de l'autre. Les eaux ont sensiblement le même poids à toutes les profondeurs ; la pression de l'air diminue au contraire rapidement avec la hauteur ; c'est

que l'eau est à peine compressible, tandis que
l'air au contraire l'est au plus haut point. La lune
produit des marées dans chacun des océans, mais
la masse de l'air étant de beaucoup la moins
grande, la marée aérienne est à peine sensible ;
en outre, le mouvement s'opère en dehors de la
couche où nous vivons, et enfin la moindre variation de température produit des effets bien autrement énergiques que ceux qu'on pourrait attribuer à l'influence de notre satellite.

L'atmosphère a ses courants analogues à ceux
de la mer ; ce sont les vents. Il y a des fleuves
aériens comme il y a des fleuves liquides. La
fumée de la cheminée, la flamme de la bougie,
le nuage qui plane, la poussière qui vole, nous
font connaître la direction de ces courants. Le
vent se propage en amont et en aval, dans des
sens opposés, mais sans changer de direction.
Le vent le plus léger parcourt de un à deux
mètres par seconde, tandis que l'ouragan furieux
a une vitesse de quarante à quarante-cinq mètres
dans le même temps.

Pour comprendre la formation du vent, appro-

chez-vous d'une cheminée où il y a du feu et
examinez ce qui s'y passe. La couche d'air en
contact avec la flamme s'échauffe, se dilate, devient plus légère : elle s'élève; sa place est aussitôt prise par une partie de la couche d'air voisine,
qui s'élève à son tour, et ainsi de suite, de manière
à former un courant qui s'écoule par le tuyau de la
cheminée. En même temps, de tous les points de
l'espace environnant, l'air se dirige vers le foyer
où il est appelé. Ainsi naissent des ruisseaux
d'air qui se rassemblent dans le tuyau, et se ré-
pandent ensuite dans l'atmosphère. Ruisseaux
aériens, coulant entre des rives aériennes.

Imaginons la cheminée plus vaste ; à la flamme
du foyer substituons le soleil : les courants d'air,
au lieu d'être enfermés dans l'espace étroit d'une
chambre, se produiront au sein de l'atmosphère,
où leurs rives seront plus ou moins bien délimitées. Ainsi la chaleur solaire donne naissance à
des vents irréguliers et intermittents.

Au lieu d'un point particulier, plus ou moins
chauffé par le soleil pendant le jour, considérons
la zone torride tout entière, que le soleil em-
brase sans cesse de ses feux, nous y trouverons

la cause de courants réguliers, soufflant sur des régions plus vastes. Ce sont les *alizés*, les *moussons*, les vents *étésiens*, et les *brises*.

Dans l'explication que nous allons donner de la formation de ces vents, nous irons du simple au composé, écartant d'abord toutes les causes secondaires qui peuvent compliquer les phénomènes, pour les rétablir ensuite et successivement. Car si les lois de la nature sont simples dans leur essence et dans leurs effets, c'est à la condition qu'on supprime pour un instant les causes accidentelles qui en compliquent les effets, et les dénaturent au point de rendre les lois méconnaissables.

Si la terre offrait une surface complétement unie, sans aspérités, uniforme, ou toute liquide ou toute solide ; si elle n'était pas aplatie aux pôles, si elle se tenait immobile, qu'arriverait-il? Supposez-la, dans ces conditions, régulièrement chauffée par le soleil. Le foyer se trouve sur la bande équatoriale, sur une zone de plusieurs degrés, large de 100 à 150 lieues, la zone torride en un mot. Là, l'air vivement échauffé, s'élève; il est remplacé par des masses d'air venant

des pôles, et qui affluent de toutes parts suivant
les méridiens. Le vide qui se fait aux pôles est rempli par l'air de l'équateur qui, en s'élevant, s'est
refroidi et, devenu plus pesant, va se rabattre
vers les deux pôles. Ainsi s'établirait une circulation continue dans chaque hémisphère. Dans
l'hémisphère sud le vent du sud serait permanent, dans l'hémisphère nord soufflerait constamment le vent du nord ; ou plutôt, dans chaque
hémisphère il y aurait à la surface de la terre
un vent venant du pôle, dans les hauteurs un
vent allant au pôle, tandis que le calme régne-
rait à l'équateur.

En même temps, un autre phénomène de la
plus grande importance, et qu'il nous faut indiquer en passant, se produit dans la région équatoriale. L'espace occupé par la mer y est très-
étendu, l'évaporation très-active ; de là la
formation d'un immense anneau de nuages
autour de l'équateur. Transportés par les courants aériens et gagnant des latitudes de
plus en plus froides, « ils se résolvent en
pluie sur les champs attristés, » ou couvrent

les monts de cette neige épaisse, aliment des
fleuves.

Telle serait la marche, tels seraient les effets
des courants aériens, si la surface de la terre était
uniforme. Mais il n'en est pas ainsi.

Tandis que, dans l'hémisphère boréal, s'étend
la terre ferme, dans l'hémisphère austral, au
contraire, domine l'élément liquide. A l'inégalité
dans la distribution des continents s'ajoute la
diversité de forme, d'étendue et de relief. Voici
l'Europe avec ses vastes plaines ; voilà l'Amérique avec sa crête élevée et sa forme triangu-
laire. Les mers sont inégalement profondes ; les
terres offrent les aspects les plus variés ; enfin
la terre n'est pas immobile, et l'air participe à
son mouvement. Chacune de ces causes va appor-
ter son influence et modifier la marche des vents
réguliers.

Voyons d'abord l'effet du mouvement de rotation de la terre. Elle tourne sur elle-même en
vingt-quatre heures, entraînant son atmosphère
dans sa marche. Les points voisins de l'équateur
décrivant de grandes circonférences sont animés
d'une grande vitesse, les points voisins du pôle

décrivant de petites circonférences se meuvent avec une lenteur relative. On voit donc que l'air partant de l'équateur pour les pôles, et qui marchait du même pas que la terre lorsqu'il était à l'équateur, gagne de vitesse sur la terre à mesure qu'il s'avance vers les pôles. L'air qui vient des pôles, au contraire, est animé d'une vitesse moindre que celle de la terre lorsqu'il s'approche de l'équateur.

Supposons-nous vers les tropiques, placés sur la terre qui nous entraîne dans sa rotation, nous faisant partager la vitesse dont elle est animée, au milieu de l'air qui marche dans le même sens, mais d'un mouvement moins rapide ; comme nous n'avons pas conscience du mouvement dont nous sommes animés, puisque la terre tourne avec nous, nous nous croyons immobiles, et il nous semble que l'air souffle de l'est vers l'ouest avec une vitesse égale à la différence entre celle qu'il possède en réalité et la nôtre.

Ce mouvement apparent de l'air se combine avec celui dont il est animé dans le sens des méridiens, et dont nous avons déjà parlé, pour produire dans l'hémisphère nord un vent du nord-est, dans l'hémisphère sud un vent du sud-est. Tels sont les vrais alizés, ceux que Colomb rencontra dans le voisinage des tropiques et qui effrayèrent si fort ses compagnons. Ils voyaient leur navire, toujours poussé par ces vents, s'éloigner de plus en plus de leur patrie, qu'ils craignaient de ne plus revoir.

Au-dessus des alizés, dans les régions supérieures de l'air, on comprendra, par un raisonnement analogue au précédent, qu'il doive régner des vents du sud-ouest dans l'hémisphère supérieur, et du nord-ouest dans l'hémisphère inférieur. Humboldt a pu constater dans son ascension au pic Ténériffe la présence des alizés et des contre-alizés ; tandis que des vents violents du sud-ouest soufflaient au-dessus de sa tête, les alizés du nord soufflaient à ses pieds.

On sait maintenant que le mouvement de rotation de la terre modifie les directions du nord-sud et du sud-nord, que nous avions d'abord supposées, en celles du nord-est et du sud-est.

Rappelons maintenant que la surface du globe n'est pas uniforme, qu'il y a des terres et des mers, et que les continents se trouvent surtout

dans l'hémisphère nord. Cette inégalité est cause
que la zone des calmes équatoriaux, au lieu de
se trouver à l'équateur même, est à 4 degrés au-
dessus, et s'étend du 4° au 9° degré. De plus,
comme la terre s'échauffe et se refroidit plus vite
que l'eau, les modifications apportées dans la
température des hémisphères par les saisons dé-
placeront légèrement la région des calmes aussi
bien que les régions alizéennes.

Les chaînes de montagnes doivent naturellement contrarier les vents, d'où il résulte que les
alizés doivent surtout se faire sentir sur les mers
et avec continuité.

L'influence des déserts s'explique par l'échauf-
fement plus grand du sol et l'aspiration accidentelle qui doit s'y produire. C'est comme un foyer
dans le voisinage d'un autre foyer ; le tirage de
l'un est contrarié par celui de l'autre. De là vient
la modification qui s'opère dans la direction des
alizés de l'océan Indien, qui soufflent six mois
de l'année dans un sens et les six autres mois
en sens contraire. Ils changent avec les saisons, et on les appelle *moussons*, d'un mot qui
veut dire saison. Ce sont les déserts de l'Arabie

et de la Perse qui produisent ces changements, suivant que l'hémisphère nord où ils se trouvent a l'été ou l'hiver.

Le Sahara produit aussi dans la Méditerranée des moussons qui changent avec la saison, et que les anciens nommaient vents étésiens. La navigation entre la France et l'Algérie a permis de remarquer qu'en été la traversée d'Europe en Afrique est plus prompte que le retour ; en hiver, c'est l'inverse.

On voit, sans que nous insistions davantage, comme chaque nouvelle cause introduite a successivement modifié les mouvements si simples précédemment établis.

On ne sera pas étonné si nous disons que les zones ne sont pas nettement délimitées, que les vents de l'un des hémisphères puissent en certains lieux l'emporter sur ceux de l'autre, et que le théâtre habituel des calmes devienne celui des tempêtes que les navigateurs ont nommées *typhons, tornados, tourbillons*. On voit se produire dans un carrefour, lorsqu'il fait du vent et que des courants divers se rencontrent, un tourbillon qui enlève et entraîne les corps légers dans un

mouvement rapide ; imaginez-le en mer, sur une
vaste étendue et avec une grande puissance. Ce
sont alors des navires qui deviennent le jouet de
la tempête et s'abîment sous les flots.

Avant de résumer ce que nous avons dit sur
les vents, signalons des courants particuliers qui
se produisent dans le voisinage des côtes, et
dont l'effet est naturellement plus marqué entre
les tropiques. Nous voulons parler des *brises de
terre* et des *brises de mer*.

Nous avons dit que la terre s'échauffe et se
refroidit plus vite que l'eau. Pendant le jour,
le soleil darde ses rayons sur les côtes et sur
les terres voisines, dont il élève rapidement la
température, tandis que celle de l'eau est à peine
changée. L'air de la mer se trouve donc appelé
vers la terre. Une brise souffle donc de la mer
à partir de neuf heures du matin. Sa vitesse croit
jusque vers trois heures de l'après-midi, suivant la progression de la chaleur solaire. A partir
de ce moment, le rivage se refroidit plus vite
que la mer ; c'est alors la mer dont la température est plus élevée que celle de la terre, et le

foyer se déplace, se transportant sur la mer. Un appel d'air se fait de ce côté, c'est la *brise de terre*, et le vent souffle de la terre vers la mer avec une vitesse qui augmente de plus en plus jusque vers le matin.

Cela fait donc deux courants de sens contraires soufflant perpendiculairement à la côte : l'un, pendant le jour, souffle de la mer vers la terre ; l'autre, pendant la nuit, souffle de la terre vers la mer. Un temps de calme précède et suit chaque courant. La brise est plus ou moins forte et s'étend plus ou moins loin sur la mer et dans les terres, suivant l'intensité de la chaleur.

Nous pouvons maintenant envisager dans leur ensemble les courants aériens. Dans les deux hémisphères, à partir du 30e degré, soufflent les alizés. Ils sont séparés de l'équateur par la région des calmes, située du 4e au 9e degré. — Là se trouve l'anneau de nuages accumulés par l'évaporation. — Les alizés du sud règnent donc sur un espace beaucoup plus étendu que celui des alizés du nord. Au delà des alizés dans les deux

hémisphères se trouvent de nouvelles régions
de calmes, (calmes du Cancer et du Capricorne),
puis des courants incomplétement connus autour de chaque pôle. On peut donc concevoir
l'atmosphère partagée, comme la terre, en cinq
zones séparées par des calmes.

Examinons le rôle de ces courants. L'anneau
de nuages équatorial est un écran qui protége
cette région terrestre contre la trop vive intensité des rayons solaires ; en même temps, si
l'évaporation est par trop abondante, par suite
d'une chaleur trop grande, des orages d'une
extrême violence déchirent la couche de nuages,
et des pluies diluviennes tempèrent les ardeurs
de ces brûlantes régions.

Les contre-alizés, qui soufflent dans les régions supérieures, poussent constamment ces
nuages vers les zones tempérées tout en les ra-
battant vers le sol. Là, ils se résolvent en pluies
qui fécondent les terres, rafraîchissent l'atmosphère et l'épurent en la dépouillant des poussières diverses et des miasmes malsains.

Lorsque des chaînes de montagnes barrent le

passage aux courants, les vapeurs se déposent sur leurs crêtes. Là, elles forment les neiges éternelles et les glaciers, réservoirs solidifiés où s'alimentent les cours d'eau qui, par mille routes diverses, reportent à la mer ce qui en était sorti.

Les vents de nord-est doivent être fréquents dans notre hémisphère, et ils le sont ; de plus, débarrassés de leurs vapeurs après leur parcours sur les continents, ces vents amènent le beau temps dans les régions où ils soufflent.

Si nous voulions entrer dans les détails de l'organisation du globe, combien de faits s'expliquent simplement ! Par exemple, les deux saisons, pluvieuse en hiver et sèche en été, de l'Orégon et de la Californie ; le beau temps éternel du Pérou ; l'abaissement progressif des eaux de la mer Morte. Il suffit de consulter avec intelligence la carte du globe, d'observer la direction des chaînes de montagnes, celle des vents, les saisons, etc., pour se rendre compte de la plupart des phénomènes météréologiques.

Enfin, les courants aériens, mêlant les diverses couches atmosphériques, portent aux végétaux l'acide carbonique que les animaux

7

ont rejeté. Ceux-ci s'approprient le carbone, rendent à l'air son oxygène, destiné à être de nouveau respiré par les animaux. Ainsi les deux règnes vivent l'un par l'autre, puisent dans le même milieu des éléments divers, résultat de leur respiration respective, composent et décomposent des produits faits avec les mêmes substances, de sorte que la composition de l'atmosphère n'est pas altérée.

Un premier coup d'œil jeté sur notre globe nous le montre comme une planète inerte et sans vie.

Puis, en fouillant le sol, l'homme y a trouvé le feu primitif, l'origine stellaire de la terre et les traces de ses évolutions diverses.

La mer a été ensuite explorée, et l'on y a reconnu une circulation active et une source de vie.

Enfin, l'étude des courants atmosphériques a montré dans l'atmosphère un autre système circulatoire associé au précédent dans son action sur la nature.

C'est maintenant la terre entrevue par Aristote, une sorte d'être animé laissant vivre sur sa surface des populations de parasites.

L'âme de tout cela, l'origine des phénomènes terrestres, comme de la terre elle-même, c'est le soleil ; le soleil dont la terre s'est détachée un jour, et de qui elle tient son feu intérieur aussi bien que sa chaleur extérieure. Ce feu et cette chaleur sont, à leur tour, la cause des tremblements de terre, des volcans, etc. ; des courants de la mer et de l'atmosphère ; de l'alternative des saisons, de la délimitation des zones terrestres, etc. ; des courants électriques d'où résultent l'aimantation du globe, les aurores boréales, etc.

Nous sommes en présence d'une machine des plus complexes dont nous découvrons successivement les divers organes et leurs usages respectifs. Chaque recherche nouvelle amène de nouveaux résultats qui montrent une plus complète harmonie entre les nombreux éléments qui la constituent. Ainsi tandis que la connaissance de plus en plus complète de toute œuvre divine nous y fait découvrir de nouvelles perfections et nous apporte de nouvelles raisons d'admirer, au contraire, l'examen de plus en plus approfondi de toute œuvre humaine nous

révèle des imperfections nouvelles et marque
la limite de notre puissance et l'insuffisance de
nos moyens. Le progrès consiste précisément à
corriger et à améliorer sans cesse chacune de
nos œuvres en nous proposant de réaliser un
type idéal dont nous nous approchons constamment sans jamais l'atteindre.

NOTES COMPLÉMENTAIRES.

1. L'explication sommaire qui est donnée de la couleur de l'air convient à cette sorte de discours ou conférence dont il faut écarter tout ce qui est du détail ou appartient encore à la discussion. Mais je ne saurais laisser croire que le fait est aussi simple qu'il le paraît. Revenons donc sur ce sujet.

Outre les éléments essentiels et les éléments tels que la vapeur d'eau et l'acide carbonique qu'on peut nommer accessoires, l'air renferme, à partir de la surface du sol, et jusqu'à une certaine hauteur, des vapeurs, des gaz et des corpuscules divers qui influent sur la coloration de l'atmosphère. En outre, il faut distinguer la couleur qui résulte de la réflexion de la lumière à la surface des molécules aériennes, de celle qui provient de la lumière transmise à travers les intervalles qui séparent ces molécules.

Examinons d'abord comment la lumière colore les corps. Car c'est à elle et non aux corps qu'on doit la couleur de ces derniers ; c'est d'elle que vient toute couleur, et les modifications qu'elle subit modifient, à leur tour, la couleur des objets.

Lorsque la lumière frappe la surface des corps, elle s'insinue en partie dans les pores, qui sont toujours incomparablement plus étendus que leur matière propre ; elle circule autour des molécules, pénètre dans ces milliers de conduits, parvient enfin à la face opposée, si l'épaisseur du corps n'est pas trop grande, et s'échappe au dehors. Le corps, dans ce cas, est transparent, et la lumière qui l'a traversé se nomme lumière transmise.

D'un autre côté, à la surface même ou à une profondeur infiniment petite à partir de la surface, la lumière a pour ainsi dire rebondi, ou s'est réfléchie. Les divers rayons colorés, dont se compose la lumière blanche, sont modifiés très-inégalement pendant cet ensemble de mouvements lumineux qui se produisent dans la couche

superficielle d'une minceur extrême ; les uns sont
complétement détruits, d'autres ne le sont que
partiellement ; d'autres, enfin, n'ont subi que de
légères modifications. Tout ce qui reste, en se
mêlant à la sortie du corps, forme la couleur de
ce dernier. Pour se représenter ce qui se passe,
qu'on imagine la lumière blanche comme un
orchestre harmonieux dont les couleurs sont les
divers instruments, et les corps comme un groupe
de rochers offrant des grottes, des excavations,
des galeries souterraines d'où, après s'être réflé-
chies, sortiront les ondes sonores. On comprend
dès lors combien le mélange des sons, renvoyés
au dehors, pourra ressembler peu à l'orchestre
qui en est la source, et combien ils pourront
offrir de différence entre eux, suivant le mode
d'agrégation des molécules matérielles qui constituent les corps.

C'est même dans la constitution physique des
corps, c'est-à-dire dans le groupement de leurs
molécules, dans les dispositions diverses de ces
groupes entre eux qu'il faut chercher le secret
de la couleur des corps, car leur nature chimique
n'agit en cette occasion que par son influence

sur les caractères physiques. C'est ainsi que s'expliquent les couleurs diverses que peut offrir un même corps, le phosphore, par exemple, qui, communément d'un blanc jaunâtre et transparent, peut devenir noir et opaque lorsque, après avoir été chauffé, il est brusquement refroidi. C'est ce que prouve encore l'ingénieuse expérience de Brewster, qui consiste à communiquer les brillantes couleurs de la nacre de perle à un corps quelconque qui, comme la cire, peut être appliqué sur un fragment de nacre, prendre l'empreinte de la surface de manière à en reproduire fidèlement les aspérités dans tous leurs détails.

De même, nous voyons le papier imbibé d'huile devenir en quelque sorte plus transparent; la pierre nommée hydrophane, opaque lorsqu'elle est sèche, devenir translucide lorsqu'elle est imprégnée d'eau ; enfin, l'eau limpide devient opaque du moment qu'on la rend mousseuse en l'agitant, et si la mousse tombe, elle redevient transparente. Dans le cas du papier et de l'hydrophane, le liquide introduit comble des vides et ne modifie par conséquent que l'état physique; dans le dernier cas, la mousse introduit au contraire un nouveau corps, l'air, qu'elle retient emprisonné. On peut même regarder cette dernière expérience comme la réciproque des deux qui précèdent. Sans doute l'huile et le papier, l'eau et la pierre forment un ensemble en quelque sorte plus homogène pour la lumière que le papier ou la pierre avec l'air qui occupait auparavant la place d'où l'a chassé le liquide ; mais, quelle que soit l'explication qu'on donne de ces faits, on ne saurait y voir autre chose que des influences purement physiques.

Nous pouvons maintenant revenir à l'atmosphère pour essayer d'en expliquer la couleur. M. Roscoe d'abord, M. Tyndall ensuite, de la Société royale de Londres, ont fait d'ingénieuses expériences pour montrer l'influence d'une matière très-divisée et très-ténue sur la lumière et sur la coloration de l'air. Ayant formé un liquide très-légèrement laiteux en disséminant dans sa masse une très-faible quantité de soufre en poudre, M. Roscoe constate une influence marquée exercée par ce liquide sur la lumière transmise et que l'eau seule ne produit pas. Ce premier résultat, et

7.

quelques observations intéressantes le conduisent
à supposer que la couleur de l'atmosphère pourrait bien n'être pas due aux molécules aériennes,
mais à des corpuscules mêlés à celles-ci. Il faut
une si faible proportion de ces corpuscules, qu'on
peut toujours supposer qu'il s'en trouve assez
dans l'air même le plus pur. Nous savons d'ailleurs que la présence de la vapeur d'eau dans
l'atmosphère en modifie la couleur : c'est ainsi
que s'expliquent certaines prévisions du temps
fondées sur l'aspect du ciel.

M. Roscoe a réalisé des soleils couchants artificiels en faisant passer de la lumière blanche à
travers un tube rempli d'un liquide laiteux. La
même lumière, transmise à travers un verre
opale, est devenue rouge, tandis que le verre
lui-même est d'un blanc bleuâtre. L'or, à un très-
grand état de division, mis en suspension dans
l'eau, transmet une lumière bleue, pourpre ou
rouge, selon qu'il est plus ou moins finement
divisé. Cette dernière expérience, qui est de Fa-
raday, montrerait que les matières disséminées
dans l'atmosphère ont une manière d'agir qui varie
et avec l'abondance plus ou moins grande de

ces matières et avec leur forme et leur grosseur.

De son côté, M. Tyndall a fait, dans le même but, des expériences sur les modifications produites sur la lumière par des vapeurs très-divisées de divers liquides. Ce savant n'admet pas que la couleur bleue de l'air ait la même origine que celles des autres corps colorés. La violette est bleue, dit-il, parce que sa structure moléculaire la rend propre à éteindre le vert, le jaune, le rouge, qui entrent dans la constitution de la lumière blanche, et à laisser au bleu un libre passage. C'est ce que nous avons dit plus haut. Il y a une diffusion, c'est-à-dire une réflexion irrégulière, une sorte de dissémination de la lumière à la surface des corps dont l'effet s'ajoute aux autres modifications éprouvées par la lumière lorsque le corps est transparent. Mais M. Tyndall paraît se contredire en ajoutant que la couleur bleue de l'air est effectivement due à la réflexion de la lumière sur les particules aériennes et que celles-ci doivent être d'une extrême petitesse, afin d'être ainsi plus aptes à réfléchir les ondes lumineuses les plus courtes, c'est-à-dire les ondes bleues.

L'éclat rougeâtre du ciel, au coucher du soleil, résulte dans cette hypothèse de l'élimination des rayons bleus à la suite des réflexions successives éprouvées par la lumière. Le bleu s'éparpille et se perd pour ainsi dire en route, le rouge reste.

Les réflexions sont naturellement plus nombreuses, et en conséquence, l'extinction des rayons bleus plus complète, lorsque les rayons solaires rasent le sol, parce que la couche atmosphérique est plus étendue dans cette direction que dans aucune autre.

On sait également que, sur les hautes montagnes, l'aspect du ciel est d'autant plus sombre au zénith que le lieu d'observation est plus élevé. La teinte bleue de l'air pur s'efface peu à peu et la teinte noire s'accuse de plus en plus à mesure qu'on laisse au-dessous de soi une plus grande partie de l'atmosphère. C'est une nuit relative qui permet d'apercevoir les étoiles au moins les plus brillantes.

Mais on ne saurait affirmer que c'est l'air qui agit seul, soit pour disséminer la lumière et éclairer l'espace, soit pour produire les diverses teintes du ciel.

Ces phénomènes de coloration s'expliquent même mieux par la présence dans l'air des innombrables corpuscules de toute espèce de matières qui s'y trouvent en suspension. Il est, en effet, difficile d'expliquer comment la réflexion peut s'opérer *sur* l'air et *dans* l'air, comme dit M. Herschell, c'est-à-dire sans qu'il y ait de séparation entre le milieu où la lumière se propage et celui où la lumière se réfléchit. Mais il nous semble qu'on peut répondre que les molécules aériennes ne se touchent pas, qu'elles sont comme des globules épars, que la lumière se joue à travers les innombrables pores en rebondissant de particule en particule.

Les expériences de M. Janssen sur l'analyse spectroscopique de la lumière transmise à travers la vapeur d'eau, contribuent à élucider la question qui nous occupe.

On ne connaît pas la couleur de la vapeur d'eau. On sait seulement que sa présence dans l'atmosphère influe sur la couleur du ciel, principalement au lever et au coucher du soleil, et qu'elle modifie l'aspect des montagnes éloignées. Or, le spectre de la lumière transmise à travers

cette vapeur est très-sombre dans le violet et
très-brillant dans le rouge et le jaune ; la vapeur
serait donc transparente pour ces dernières couleurs, ce qui conduit à la supposer elle-même de
couleur orangé-rouge et plus particulièrement
rouge. Ainsi s'expliqueraient en partie les teintes
variées de l'aurore.

On voit par ce qui précède que si la question
de la couleur de l'air est encore à l'étude, elle
est pourtant assez avancée pour qu'on puisse en
prévoir la solution. Dans tous les cas, on y trouvera
de quoi satisfaire largement une saine curiosité.

———

2. Il est difficile d'assigner une limite précise
à la hauteur de l'atmosphère. Il n'y a pas, en
effet, une couche d'air qui forme la surface extérieure de l'atmosphère et à partir de laquelle se
trouve le vide de l'espace. On ne peut se propo-
ser d'évaluer que la hauteur approximative de
la couche d'air dont la densité est égale à celle
du vide relatif de nos machines pneumatiques.

Nous ne parlerons que pour mémoire du problème qu'on résout dans les cours de physique

et qui consiste à déterminer quelle serait l'é-
paisseur d'une couche d'air de densité uniforme,
produisant à la surface de la terre la pression
moyenne de 0m,76. Une pareille couche n'est pas
l'atmosphère. Sa hauteur serait environ dix mille
fois plus grande que la hauteur du mercure dans
le baromètre, c'est-à-dire 10000 × 0m,76, puisque
le mercure pèse environ dix mille fois plus que
l'air ; ce serait donc environ 7600 mètres ou
plus simplement huit kilomètres ou deux lieues
en nombre rond.

L'air étant essentiellement compressible et
élastique, les couches voisines du sol qui supportent toute la masse de l'atmosphère, sont
les plus denses et les plus lourdes ; celles qui
sont plus élevées, ont un poids plus faible; le
poids diminue à mesure que la couche considérée
est située plus haut dans l'atmosphère. Un calcul
fort simple a permis d'établir la relation suivante :
à des hauteurs croissant en progression par
différence, répondent des couches d'air dont la
densité décroît en progression par quotient. Ces
deux séries de nombres forment précisément une

table de logarithmes dans laquelle les hauteurs
sont les logarithmes des densités. Il ne s'agit
donc que de chercher, à l'aide d'une pareille table,
la hauteur à laquelle doit se trouver la couche
dont la densité sera égale à celle du vide le
moins imparfait des machines pneumatiques.

On a trouvé ainsi pour la hauteur de l'atmosphère 50 kilomètres ou 12 lieues.

Un second moyen d'évaluer approximative-
ment la hauteur de l'atmosphère consiste à
déterminer la hauteur à laquelle les molécules
aériennes, également sollicitées par la pesanteur
et par la force centrifuge, restent immobiles, en
suspension dans l'espace et constituent ce milieu
d'air raréfié qu'on appelle le vide de l'espace. On
sait, en effet, que la pesanteur diminue en raison inverse du carré de la distance à la terre ; la
force centrifuge, au contraire, croît proportionnellement à cette même distance. D'autre part,
la force centrifuge à l'équateur est $\frac{1}{289}$ de la pesanteur. C'est donc un problème fort simple, que
celui qui consiste à déterminer à quelle distance

de la Terre la pesanteur est égale à la force centrifuge. On trouve, en effectuant le calcul, que la
hauteur cherchée est comprise entre cinq et six
fois le rayon de la terre, c'est donc environ
8000 lieues.

Reste un troisième moyen, imaginé par Kepler,
et fondé sur la durée du crépuscule. A quel moment la nuit cesse-t-elle pour un point de la surface de la terre? C'est lorsque les premiers rayons
du soleil qui rasent le sol, illuminant les régions
supérieures de l'atmosphère, sont répercutés
tangentiellement au sol. Le soleil n'est pas encore levé, il est même assez bas au-dessous de
l'horizon du point considéré, que déjà ses rayons
éclairent l'atmosphère, d'abord dans les hautes
régions, puis de proche en proche, dans les diverses couches, jusqu'aux plus voisines du sol.
Alors le soleil paraît, il se lève, et nos yeux ont
été préparés graduellement à sa lumière écla-
tante.

Au coucher du soleil, nous n'entrons pas subitement dans la nuit dès que l'astre est descendu
au-dessous de notre horizon. Le jour disparaît

peu à peu, par degrés insensibles ; les rayons du
soleil n'atteignent déjà plus le sol lorsque les
sommets des collines sont encore éclairés ; ces
sommets à leur tour rentrent dans l'ombre, tan
dis que les crêtes plus élevées se baignent dans
la lumière ; enfin, la voûte céleste seule, c'est-à-
dire l'atmosphère reste encore éclairée. Mais le
soleil continue à descendre, ou plus exactement,
la terre à tourner, et la nuit arrive lorsque les
rayons solaires, après avoir rasé le sol frappent
les régions limites de l'atmosphère.

La durée du crépuscule est l'intervalle de
temps compris entre le commencement du jour
et le lever du soleil, ou entre le coucher du
soleil et la nuit. Supposons cette durée connue,
on en déduit l'angle dont la terre tourne dans le
même temps, ou, ce qui revient au même, de
combien le soleil est au-dessous de notre horizon.
Cet angle est d'environ 18 degrés, ce qui permet
d'assigner à l'atmosphère une hauteur de vingt
lieues environ.

La difficulté est de déterminer avec exactitude
le commencement ou la fin du crépuscule. Même
dans certaines régions où le ciel est exception-

nellement pur, cette détermination ne peut se faire avec rigueur. Comment en serait-il autrement, puisque c'est dans les régions supérieures de l'atmosphère que l'air est très-rare et qu'il doit réfléchir très-faiblement la lumière. On ne peut donc pas saisir facilement un point qui, pour ainsi dire, n'existe pas, au moins d'une manière sensible.

IV

L'ANTIQUITÉ DE L'HOMME

I

LES ÉPOQUES GÉOLOGIQUES.

Le géologue, interrogeant la terre à sa surface et dans ses profondeurs, lui dérobe un à un
tous les secrets de son existence primitive et de
ses évolutions dans la succession des temps. Mais,
malgré toutes les découvertes qu'il fait et les satisfactions profondes qu'il goûte, les questions
d'origine lui échappent et troublent sa joie. Origine du monde ou de la terre, origine de la vie ou
de l'homme, tout reste problème pour lui. Tandis
qu'il a disposé, pour ainsi dire, les terres dans
l'ordre de leur formation, qu'il construit le globe

par assises successives comme un édifice, il ne
détermine aucune date avec précision, il ne
trouve jamais la cause première des phénomènes,
il ne peut expliquer l'apparition des êtres. C'est
ainsi qu'il est poussé à chercher les débris de ses
ancêtres enfouis dans le sol depuis des milliers
d'années ; il croit en retrouver l'existence à une
époque beaucoup plus ancienne que celle qu'on
assigne habituellement, et l'on dirait que, par
un jeu cruel de la Providence, des faits nouveaux reculent indéfiniment le moment où il
pourra atteindre le but qu'il se propose. Semblable au voyageur altéré qui, perdu au milieu
des plaines brûlantes du désert, jouet du mirage
trompeur, voit à l'horizon des lacs enchanteurs
vers lesquels il s'avance plein d'espoir, et qui
semblent fuir à son approche.

La terre, à peine refroidie et recouverte de son
écorce primitive, accomplit dans l'espace son
éternel mouvement. Les eaux jusqu'alors suspendues se sont précipitées en pluies sur sa surface qu'elles baignent complétement. La terre est
mêlée avec les eaux, selon la parole de l'Écriture.

Puis l'élément aride, la terre, paraît, formant
des îles de plus en plus nombreuses, qui bientôt
se soudent et donnent naissance aux continents.
Dans les vastes bassins compris entre ces terres,
les eaux sont rassemblées et commencent cette
longue suite de dépôts que nous nommons les
terrains de sédiment, et dans lesquels nous retrouvons aujourd'hui les restes fossiles des êtres
qui ont vécu dans ces mers primitives.

Tantôt le sol est violemment soulevé, brisé
sur bien des points par des actions internes et
soudaines; tantôt, sans catastrophe, les terres
sont lentement élevées ou abaissées pendant des
siècles.

Ainsi les eaux se déplacent, envahissent certains points du sol précédemment abandonnés
et les recouvrent de nouveaux dépôts, tandis
que, sur d'autres points, le fond des mers s'élève
et se trouve à sec. Le grand travail de construction du globe se poursuit ainsi et se continue
encore aujourd'hui. En même temps, les êtres
vivants sont différents dans chaque période
puisque chaque dépôt nous révèle de nouveaux fossiles.

Les dépôts, quelque nombreux qu'ils soient, se réduisent à un petit nombre de types : ce sont des grès, des argiles, des calcaires qui se renouvellent sans cesse. Les mêmes éléments s'associent et pourtant les dépôts se distinguent par certains caractères particuliers et par la nature des fossiles. Tantôt des dépôts successifs se sont étagés régulièrement à la manière des assises d'une construction de pierres de taille, en *stratifications concordantes*, selon l'expression technique ; tantôt des dépôts déjà formés ont été soulevés et inclinés, et, sur leurs parois, viennent s'appuyer les dépôts formés après ce soulèvement dans les bassins limités par ces parois ; la stratification est alors *discordante*.

C'est l'étude attentive de cette disposition des couches qui a permis d'en établir l'âge relatif et de reconstituer pour chacune des périodes la géographie du globe. Ainsi chaque dépôt répond à une date ; chaque dépôt contient des débris particuliers et il semble qu'il y ait eu une création nouvelle avec chaque terre nouvelle.

Les premiers terrains de sédiment ont été plus tourmentés que les dépôts postérieurs, en même

temps qu'ils ont été soumis à la température
brûlante de l'écorce à peine constituée. Aussi
les éléments qui les composent ont-ils été ou
détruits, ou fondus, soudés, comprimés; de là
les caractères qui leur ont fait donner le nom
impropre de terrains de transition, pour indiquer
qu'ils forment un passage des terrains d'origine
ignée aux terrains de sédiment. On trouve là les
roches transformées ou *métamorphiques*, les
roches feuilletées ou *schisteuses* dont les ardoises
nous offrent un spécimen. C'est parmi ces terrains
qu'on trouve ceux qui ont reçu les noms particuliers de *cambriens, siluriens, devoniens*.

Dans les terrains qui suivent par ordre chronologique ceux dont nous venons de parler,
se trouvent les dépôts de charbon, principal aliment de notre industrie. C'est le terrain *carboni-
fère ;* il est suivi du grès rouge qui commence
la série des dépôts qui portent le nom de terrains
secondaires : c'est le *trias*, le *jurassique*, le *cré-
tacé*. Après viennent les terrains *tertiaires*, les
terrains *quaternaires* et enfin les terrains actuels.

Un mouvement du sol a suivi chaque dépôt et
a précédé le dépôt suivant. Les eaux n'ont pu,

en effet, se déplacer qu'à cette condition. Le
soulèvement a pu être brusque ou lent. Non-
seulement les dépôts ont varié, mais aussi les
êtres qui vivaient au moment de leur formation
et dont les débris s'y trouvent enfouis. On ne
saurait dire qu'il y ait eu un progrès constant
dans le développement de l'organisation des
êtres, si toutefois l'on entend par progrès le
nombre et la complexité des organes. Il serait
plus juste de dire que les êtres créés l'ont été en
vue de leur condition d'existence, que les espèces aquatiques, par exemple, ont vécu lorsque
les eaux couvraient seules la face du globe, que
les amphibies et les oiseaux ont pu vivre lorsque
de nombreuses îles, origine de nos continents,
étaient parsemées au milieu des océans, que les
espèces terrestres ont fait leur apparition dès
que les continents ont été formés, et que l'homme
n'a pu venir que du jour où le monde, offert à
son activité, s'est trouvé convenablement préparé à le recevoir.

A ce moment, la surface de l'Europe est en
quelque sorte achevée, la plus grande partie des
chaînes de montagnes existent : les Alpes *occi-*

dentales, le mont Blanc, le mont Rose, en un
mot les crêtes les plus élevées de cette partie du
monde ont surgi tout récemment. Bientôt après,
s'est produit le dernier grand soulèvement européen, celui des Alpes *principales* s'étendant
du mont Rose par le Saint-Gothard jusqu'en Au-
triche. L'Europe entière fut ébranlée. La chaîne
de partage des eaux ne présenta plus d'interruption et le sol fut divisé en deux versants principaux. En France cette arête puissante s'étend de
l'est des Pyrénées au sud des Vosges, et le sol
descend doucement vers le nord-ouest jusqu'à
l'Océan et vers le sud-est jusqu'à la Méditerranée.
Les contours de la France sont à peu près fixés.
La langue de terre qui joignait Brest au cap Li-
zard a été rompue, et désormais la Manche sépare la France de l'Angleterre. Du même coup,
l'Irlande est détachée de cette dernière contrée
par l'affaissement de l'isthme qui unissait les
lieux où devaient se trouver Caernarvon et Du-
blin. Le golfe de Bothnie, les rivages de la
Méditerranée furent dessinés. On le voit, la configuration du continent européen est dès lors arrêtée.

Une succession d'événements se sont produits alors, et il est difficile d'en établir la chronologie. On ne trouve pas ici les renseignements clairs et précis qui guident le géologue dans l'étude des terrains correspondant aux autres périodes. « Nous sommes forcés d'admettre, dit Lyell, les divisions de temps aussi arbitraires, aussi purement conventionnelles que celles qui partagent en siècles l'histoire des événements humains... Il est difficile de tracer une ligne de démarcation bien tranchée entre ces formations modernes. » Ainsi, chose surprenante, les faits les plus récents sont en même temps les moins connus.

Il règne ici une grande obscurité et on comprend dès lors la difficulté de fixer avec précision le moment où l'homme apparaît. A peine les dernières crêtes *alpestres* ont-elles surgi que des masses d'eau considérables rongent la surface des continents en suivant les pentes et dessinent les vallées dites d'*érosion* ou de *dénudation*, parce qu'elles ont été formées dans des terrains peu cohérents que les eaux ont entraînés.

On peut se faire une idée de la violence des eaux, si l'on observe l'importance des terres déplacées. Dans certaines localités, ces masses couvrent de grandes étendues sur une épaisseur qui atteint parfois quatre cents mètres. Nous en avons à Paris même un exemple sous les yeux. Les collines qui environnent la capitale et qui sont désignées sous les noms de buttes Montmartre, buttes Chaumont, mont Valérien, ont fait partie, avant la formation des vallées, d'un seul et même massif. Les eaux ont entraîné les terres qui unissaient ces monticules et comblaient les intervalles qui les séparent aujourd'hui.

L'action des eaux a été variée : tantôt encaissées et rapides, elles rongent et entraînent les terrains, tantôt calmes et répandues sur de grandes surfaces, elles forment de vastes dépôts. C'est à plusieurs reprises qu'elles creusent le sol ou qu'elles y déposent des *alluvions*. Les cours d'eau ont occupé des espaces de moins en moins étendus et formé des dépôts de plus en plus restreints, de sorte que ces dépôts s'emboîtent les uns dans les autres, les plus récents et les moins étendus occupant la partie supérieure. En même temps, la nature des sédiments variait. On peut suivre, à droite et à gauche de chaque fleuve, à une certaine distance de ses rives, les traces de ses anciens lits dont les dépôts vont en s'étageant jusqu'aux montagnes voisines qui les encadrent.

Des espèces animales variées, et surtout des éléphants, peuplaient alors en grand nombre les forêts dont la France était couverte. Protégés par une épaisse fourrure, les éléphants pouvaient vivre sous un climat tempéré. Leur taille était plus élevée que celle des éléphants actuels, dont ils se distinguaient encore par d'énormes défenses et par une abondante crinière de poils roides et noirs. Les rhinocéros étaient également très-nombreux, couverts de poils, de tailles diverses, depuis ceux à deux cornes, plus grands que nos rhinocéros, jusqu'à ceux de la taille d'un porc. Puis des tigres, des lions, des bœufs, des cerfs, etc., en un mot une création assez semblable à celle de nos jours.

C'est à cette époque que deux périodes principales d'un froid intense se sont produites, entre lesquelles il y a eu une troisième période

où la température a été relativement élevée.
Chaque fois, les glaciers ont pris une grande extension, et à la fin de chaque période, une formidable débâcle de glaces a eu lieu.

Les animaux ont-ils tous été détruits, ou simplement une partie d'entre eux ? Sans doute, un
certain nombre furent saisis par les glaces,
comme on peut le juger par l'immense ossuaire
qui s'étend depuis l'Espagne jusqu'aux rivages
de la Sibérie, et sur toute l'Amérique septen-
trionale ; d'autres furent emportés par la débâcle, entraînés par les eaux, roulés avec les
cailloux, et leurs ossements dispersés.

Pendant les débâcles, les glaces entraînaient
des roches arrachées au sol et les déposaient au
terme de leur marche. Il en résultait ces dépôts
de transport qui ont reçu le nom de *diluvium*.
On distingue deux diluvium principaux : un *diluvium rouge* ou *diluvium des coteaux* formé
d'un dépôt caillouteux, composé d'argile *rouge*
et de gravier empâtant des silex brisés, et un
diluvium *gris* ou *diluvium des vallées*, composé
de sable, de gravier, de cailloux roulés et de
blocs erratiques dont la teinte générale est le

gris. C'est sur ce dernier qu'on trouve les *dépôts meubles sur les pentes,* c'est-à-dire les débris des coteaux voisins entraînés par les eaux depuis le commencement de la période actuelle.

Enfin, les phénomènes se sont manifestés à la surface du globe d'une manière générale et synchronique, pour toutes les contrées et pour les deux hémisphères.

APPARITION DE L'HOMME.

Nous assistons maintenant à une de ces périodes de calme relatif qui séparent les grandes crises, pendant lesquelles les actions souterraines sont affaiblies, et celles des agents extérieurs se produisent. Notre époque a vu naître et mourir les récents volcans de l'Auvergne, qui semblent éteints d'hier, ainsi que ceux de la Sardaigne. En même temps, l'Etna, le Vésuve et l'Hécla ont jeté leurs premières flammes. La récente apparition de la chaîne des Andes est attestée par le grand nombre de volcans en activité qu'on y trouve et la netteté de son relief.

On peut voir déjà le travail de dépôt accompli de notre temps par les eaux fluviales : aux bouches de l'Escaut et de la Meuse, l'action d'apport des fleuves combinée avec le refoulement des vagues a produit des atterrissements qui n'ont pas moins de soixante-seize mètres d'épaisseur ; à l'embouchure du Pô, ils s'avancent d'environ soixante-dix mètres par an ; les bras du Rhône se sont allongés de trois lieues depuis dix-huit cents ans, et nombre d'endroits situés au bord de la mer ou des étangs, il y a six et huit cents ans, sont aujourd'hui bien avant dans les terres. Les villes de Rosette et de Damiette, bâties au bord de la mer sur les bouches du Nil, il y a moins de mille ans, en sont aujourd'hui à deux lieues. Ravenne, jadis dans les lagunes, est maintenant à une lieue du rivage, et Venise aura un jour le même sort.

Nous voyons également se développer les dunes, dont la marche est d'environ vingt mètres par an ; « la Hollande proprement dite n'existe qu'à la faveur des dunes ; tout ce pays, ainsi que la partie littorale de la Flandre, la Zélande, la Frise, ne sont que des lagunes en partie comblées. La mer de Harlem et quelques nappes d'eau intérieures correspondent, en Hollande, aux étangs qui existent derrière les dunes de la Gascogne [1]. » Nous voyons l'effet d'eaux carbonatées dans les fontaines de Sainte-Alire et de Saint-Nectaire (Puy-de-Dôme). Les stalactites et les stalagmites se forment sous nos yeux, ainsi que les incrustations appelées improprement pétrifications.

La création précédente a disparu en grande partie : celle des végétaux et des animaux de nos jours lui a succédé. Les débris de cette dernière s'entassent, forment une couche nouvelle qui s'ajoute à la croûte terrestre et qui révélera dans les âges futurs l'existence des espèces actuelles.

Jusqu'à présent, c'est seulement dans cette couche de formation contemporaine qu'on avait trouvé des ossements humains. Cuvier affirmait qu'on n'en avait jamais trouvé parmi les fossiles proprement dits, ou, en d'autres termes, dans les couches régulières de la surface du globe ; car,

1 Élie de Beaumont, *Leçons de géologie pratique.*

dans les tourbières, dans les alluvions, comme dans les cimetières, on pourrait aussi bien déterrer des os humains que des os de chevaux ou d'autres espèces vulgaires ; il pourrait s'en trouver également dans les fentes de rochers, dans des grottes, etc.; mais parmi les os des éléphants et des rhinocéros on n'en a jamais découvert. Or, Cuvier avait vu plusieurs milliers d'os trouvés dans les plâtrières des environs de Paris; il avait vu également les groupes d'ossements rapportés par Spallanzani de l'île de Cérigo, lorsqu'il émit son opinion.

En 1726, un médecin *théologien*, du nom de Scheuchzer, fit paraître une description d'un squelette humain trouvé dans un schiste. Il publia ensuite une dissertation intitulée : *L'homme témoin du déluge (Homo diluvii testis)* ; « il est indubitable, écrivait-il, que ce morceau contient une moitié, ou peu s'en faut, du squelette d'un homme ; que la substance même des os, et, qui plus est, des chairs et des parties encore plus molles que les chairs y sont incorporées dans la pierre ; en un mot, que c'est une des reliques les plus rares que nous ayons de cette race maudite qui fut ensevelie sous les eaux. »

L'opinion de Scheuchzer eut un grand crédit jusqu'en 1787 environ, malgré les réclamations du naturaliste Camper, qui affirmait que le prétendu squelette n'était autre qu' « un lézard pétrifié. »

C'est alors que Cuvier, voyant un dessin de la partie connue du squelette, annonça qu'il s'agissait, non d'un homme, mais d'une salamandre. Il en compléta le dessin par une sorte de divination. Il se rendit ensuite à Harlem, en Hollande, où le fossile se trouvait, déposé au musée de la ville. Là, en présence du directeur, le savant Van Marum, et d'un naturaliste, il fit fouiller la pierre pour mettre à découvert la partie cachée et par conséquent inconnue du fossile. L'épreuve réussit complétement : chaque coup de ciseau mettait au jour une partie du corps annoncée pour ainsi dire par le dessin. Ce fût un véritable triomphe. Il ressuscitait la salamandre comme il avait rétabli les animaux appartenant aux espèces éteintes, à l'aide de leurs ossements épars.

Cette gigantesque salamandre fut rapportée plus tard par Humboldt des grands lacs situés autour de Mexico.

En 1805, on découvrit, à la Guadeloupe, un squelette auquel il manquait la tête et la partie supérieure engagées dans une roche formée, comme on le reconnut, de parcelles de madrépores rejetées par la mer et unies par un stuc calcaire. Sans doute, ce sont des cadavres de personnes qui ont péri dans quelque naufrage. Leur enveloppe pierreuse est analogue aux roches que les nègres désignent sous le nom de *maçonne-bon-dieu* et qui se forment d'une manière continue dans tout l'archipel des Antilles. On reconnaît à la loupe que plusieurs de ces fragments ont la même teinte rouge qu'une partie des coraux des récifs voisins. On trouve quelquefois dans les mêmes lieux des débris de vases et d'autres ouvrages humains à plusieurs mètres de profondeur.

« On voit, dit encore Cuvier, parmi les os trouvés à Canstadt un *fragment de mâchoire et quelques ouvrages humains;* mais on sait que le terrain fut remué sans précaution..... En 1820, on prétendit avoir découvert, à Marseille, des fragments humains dans une pierre longtemps négligée : c'étaient des empreintes de tuyaux marins. Les véritables os d'hommes étaient des cadavres tombés dans des fentes ou restés en d'anciennes galeries de mines, ou enduits d'incrustations. »

« A propos des prétendus os humains trouvés près de Kœstriz et indiqués par M. de Schlotheim, — ainsi s'exprime Cuvier : — ces os avaient été annoncés comme tirés de bancs très-anciens, *mais ce savant respectable s'est empressé de faire connaître combien cette assertion est encore sujette au doute.* Il en est de même des objets de fabrication humaine. » Nous avons mis en évidence les passages qui montrent que non-seulement les mêmes faits se reproduisent périodiquement dans leur ensemble, mais encore souvent dans leurs détails. De notre temps, en effet, une mâchoire humaine comme celle de Canstadt a été découverte à Moulin-Quignon (Somme) et ce qu'on a dit de M. de Schlotheim peut s'appliquer à M. Boucher de Perthes.

Depuis cette époque, à bien des reprises, on a trouvé dans les cavernes et les brèches des ossements humains et des débris d'une industrie naissante, le tout mêlé à des os d'espèces

9

perdues, de sorte qu'au premier abord on est
naturellement porté à croire que l'homme a été
contemporain de ces espèces.

Cuvier n'en conclut pas moins « que l'espèce
humaine n'existait point dans les pays où se dé-
couvrent les os fossiles, c'est-à-dire dans la plus
grande partie de l'Europe, de l'Asie et de l'Amérique, à l'époque des révolutions qui ont enfoui
ces os. »

On en était resté jusqu'à présent à cette affirmation que rien ne semblait devoir ébranler,
lorsque vers 1847, M. Boucher de Perthes appela
l'attention publique sur des *silex* ou *pierres à
fusil* taillés, de formes et de grandeurs variées
et dont quelques-uns assez semblables aux coins
destinés à fendre le bois, ont valu à ces silex le
nom générique de *haches de pierres*. Dans le lieu
du gisement des haches, les ouvriers terrassiers
trouvèrent également des dents et une mâchoire
humaines, et des fragments de dents d'une espèce d'éléphant disparue (*elephas primigenius*).

La question fut alors reprise avec une ardeur
peu commune : les recherches entreprises sur
tous les points de l'Europe et même du globe

amenèrent la découverte de nombreux documents. Les gîtes déjà connus furent de nouveau
explorés et avec plus de soin ; en même temps,
on en découvrit de nouveaux. On recueillit une
abondante moisson d'ossements et de débris de
toute nature dans les cavernes de Liége en Belgique ; du pays de Galles en Angleterre ; du Pé-
rigord, de la Lorraine, des Pyrénées en France ;
de Palerme en Italie, etc.

Tant de travaux et de recherches ne demeu-
rèrent pas sans résultat : malgré l'autorité de
Cuvier, son opinion fut vivement attaquée, et,
seul, M. Elie de Beaumont lui resta fidèle, mais
seul, il suffisait encore. Pour nous qui n'avons
d'autre pensée que d'exposer le débat d'une
manière claire et avec toute l'impartialité dési-
rable, nous dirons, après avoir constaté la difficulté de parvenir à classer les dépôts de la
période quaternaire et de dissiper les ténèbres
qui, de l'aveu de tous les géologues, enveloppent
cette formation, qu'il serait au moins téméraire de
fixer, à l'aide des éléments scientifiques, une date
précise à l'apparition de l'homme, et qu'il convient peut-être de ne pas trop se hâter d'affirmer

qu'il a vécu avec certains animaux appartenant à des espèces aujourd'hui éteintes. Il est également difficile d'établir l'ordre des divers dépôts et l'âge relatif des diverses espèces animales.

On peut encore dire avec Cuvier que les ossements d'animaux mêlés aux ossements humains ou aux débris de l'industrie humaine dans les cavernes ne constituent pas une preuve irréfutable de contemporanéité. Des causes diverses ont pu les y réunir : il n'est pas douteux, dans certains cas au moins, que les eaux courantes n'aient produit ces assemblages plus ou moins incohérents. Nos descendants trouvant, mêlés à nos ossements, des objets fabriqués avec l'ivoire des mastodontes, seront-ils en droit de conclure que nous avons vécu dans le même temps ? Autre chose serait un dépôt régulier, stratifié, de tout point semblable aux formations antérieures.

Rien ne s'oppose cependant à ce que l'homme ait connu certaines espèces fossiles, à ce qu'il ait vécu de leur temps et assisté à leur extinction. Dans cette mesure, il a pu être, il a probablement été leur contemporain. Or, si l'homme a survécu à ces espèces, on peut admettre sans difficulté que ces espèces ont pu exister avant lui. N'avons-nous pas été témoins de la disparition d'un oiseau, — le dronte ! César ne parle-t-il pas de trois ruminants qui, après avoir vécu sur les bords de la Méditerranée, s'étaient réfugiés dans la forêt hercynienne. On suppose même qu'il s'agit du bœuf primitif (*bos primigenius*), du renne et peut-être de l'élan. Ne peut-on pas admettre que nos descendants verront disparaître les loups, les lions, les ours et tous les animaux féroces dont le nombre diminue chaque année?

Si, d'autre part, nous observons que le bœuf primitif a vécu, comme cela est à peu près établi, avec des animaux encore plus anciens, et évidemment antérieurs à l'homme, nous concevons une suite d'extinctions d'espèces se succédant de telle façon que les derniers d'une série sont contemporains des premiers de la série suivante.

Concluons donc, si toutefois c'est là une conclusion, que l'homme est très-ancien, que son apparition se perd dans la nuit des temps, qu'il est impossible de la fixer non-seulement par une date précise, mais même par une date approximative.

C'est l'histoire de l'homme dans les premiers temps de son séjour sur la terre que nous allons essayer de raconter brièvement à l'aide des débris de toutes sortes, seul genre de documents qu'il nous ait laissés.

NOTES COMPLÉMENTAIRES.

1. Il suffit pour s'expliquer un pareil fait de lire le récit suivant emprunté à M. Paul Marès. Il décrit ainsi une caverne située près de l'oasis de Laghouat (Sud de la province d'Alger), et servant de repaire à des hyènes : « L'entrée de cette caverne a 1 mètre 50 de diamètre et donne accès dans une excavation à pic, dont les parois offrent de fortes saillies qui en rendent la descente et la montée assez praticables. Au fond de cette excavation vient un couloir étroit, conduisant à une salle de six mètres de longueur sur trois de hauteur et quatre de largeur. Sur le sol de la caverne sont répandus des ossements nombreux, les uns entiers, les autres brisés ou rongés, portant quelquefois encore des lambeaux de chair desséchée.

Ces os appartiennent tous aux divers animaux sauvages ou domestiques qui se trouvent dans les environs, et que nous avons reconnus, tels que chiens, chacals, gazelles, antilopes, lièvres, chameaux, moutons, autruches, chèvres. Plusieurs *têtes humaines* sont mêlées à ces débris, au milieu desquels sont répandus de nombreux excréments de hyène. Dans cette première salle se trouvent deux orifices. Le premier descend peu à peu dans le sein de la terre, et conduit à une suite de salles très-petites où, au dire de plusieurs personnes qui l'ont parcourue, on trouve des ossements très-nombreux et plusieurs *têtes humaines*. Le second couloir descend presque à pic dans le sein de la montagne ; il s'y est produit une ou deux fissures dans lesquelles ont glissé, pêle-mêle, des ossements et des matières terreuses de la première salle. »

On voit par cet aperçu qu'il n'est pas nécessaire de recourir à l'hypothèse du séjour de l'homme dans les cavernes pour expliquer la présence des ossements humains dans ces lieux, mais rien n'empêche de supposer que l'homme primitif ait pu chercher un abri dans quelques-unes de ces grottes d'une grandeur suffisante et d'une disposition qui lui put convenir.

——

2. Lorsque la découverte de Moulin-Quignon fut annoncée, M. de Quatrefages s'empressa d'aller à Abbeville où il se trouva en même temps que M. Falconer, paléontologiste anglais distingué [1]. Ils visitèrent ensemble le terrain de *Moulin-Quignon*, et, tout *en réservant la question de la nature du terrain,* considéré par M. Boucher de Perthes comme du *diluvium*, ils convinrent que la mâchoire reposait dans la couche indiquée, à côté des haches. « Elle est dans un état remarquable de conservation, *elle ne paraît pas avoir été roulée,* ce qui fait penser qu'elle n'est pas venue de bien loin. » La grandeur de l'angle des deux branches, la disposition de la dent unique restée dans la mâchoire avaient tout d'abord fait croire qu'elle pouvait provenir d'une race particulière.

Les faits étaient à peine connus que des doutes s'élevèrent sur l'authenticité de la

1. M. Falconer est l'auteur de remarquables travaux sur l'Inde.

9.

découverte. M. Falconer, lui-même, à peine
rentré en Angleterre, se déclara contre l'authenticité du fossile d'Abbeville. Il écrivit à ce sujet une lettre qui eut un certain retentissement [1]
et où perçait un peu d'ironie. Ces nouvelles
convictions résultaient pour lui de l'examen des
haches et d'une dent. M. de Quatrefages fit alors
justement observer qu'il n'était pas question de
la mâchoire dans les raisons qui avaient déterminé le changement de front de M. Falconer, et
par conséquent que l'erreur, en la supposant
constatée, n'atteignait pas l'objet le plus important. Chez un homme de la valeur de l'éminent
paléontologiste, un tel revirement ne pouvait
s'être produit sans cause. Ce qui s'était passé,
on l'apprit bientôt : des ouvriers, voyant le prix
que les savants attachaient aux haches, avaient
fait de celles-ci l'objet d'une industrie fraudu-
leuse en les imitant fort habilement. On sait que
le talent d'imitation s'est exercé sur tous les objets anciens et modernes : on imite les vieilles
médailles, les objets d'art comme les perles et

1. *Times* du 25 avril 1863.

les pierres précieuses ; parfois des connaisseurs expérimentés s'y trompent. Mais n'est-il pas naturel de conclure qu'il y a des haches imitées parce qu'il y en a de vraies ? Il existe d'ailleurs des caractères qui permettent d'établir avec une très-grande probabilité, sinon avec certitude, l'antiquité d'un objet quelconque. On reconnaît les empreintes diverses qu'y ont laissées et le temps et l'usage : les arêtes s'émoussent, la surface s'altère, et, dans certains cas, des incrustations se forment, etc. Ce dernier caractère est déterminant, car les incrustations (*dendrites*) [1] résultent d'une action remarquablement lente, qu'on ne saurait remplacer.

Au milieu de ces perplexités, on consulta un professeur d'un mérite distingué, M. Delesse, qui fait à l'École normale supérieure le cours de géologie. Après un examen consciencieux, M. Delesse s'exprimait ainsi : « Il me semble que les haches en silex et surtout la mâchoire humaine sont bien réellement des fossiles authentiques, et il me paraît impossible qu'on ait fait

1. Les dendrites sont des sortes de cristallisations arborescentes et très-ténues qui proviennent d'infiltrations.

artificiellement ce que j'ai sous les yeux. » L'authenticité de la mâchoire n'était pas d'ailleurs sérieusement mise en doute : on objecta seulement que la matière colorante de la couche ne l'avait pas suffisamment pénétrée, et cette objection tombait d'elle-même parce que cette matière colorante s'infiltre difficilement dans les os.

Ce n'était point assez pour trancher une question semblable et grosse de conséquences. On ne pouvait d'ailleurs la laisser en suspens. Les savants intéressés prirent le plus court chemin pour arriver à une solution. C'est la période la plus intéressante du *procès de la mâchoire* comme on l'appela. Partagés d'opinion, mais également désireux de connaître la vérité, MM. Falconer et de Quatrefages résolurent de reprendre en commun l'examen des points en litige, et d'ouvrir à ce sujet une enquête... » M. Falconer se rendit à Paris, accompagné de MM. Prestwich, Carpenter et Busk, tous membres de la Société royale de Londres, il engagea MM. Lartet, Desnoyers et

1. Lettre de M. Falconer.

Delesse à prendre part au débat. M. Milne-
Edwards fut prié de diriger les travaux de la
réunion et « de servir de modérateur entre les
partisans des opinions contraires. » MM. Dela-
fosse, Daubrée, Hébert, puis MM. Gaudry, l'abbé
Bourgeois, Buteux et Alphonse Edwards vinrent
également prendre part à la discussion.

Une première séance eut lieu au Muséum le
9 mai. La discussion porta sur les caractères
d'authenticité des haches. Tous les membres
de l'assemblée furent d'accord sur ce point que
l'existence de certains caractères de vétusté permettait de conclure l'ancienneté de l'origine;
mais MM. de la Société royale seuls persistèrent
à penser que l'absence de ces caractères suffisait
pour faire infirmer l'authenticité ; or, c'est ce
que l'expérience a démenti plus tard. Dans tous
les cas, ce jugement ne pouvait rien faire préju-
ger relativement à la mâchoire, à l'examen de
laquelle furent consacrées les séances suivantes.
Elle fut sciée, lavée, brossée et les matières dé-
tachées, comparées à celles du terrain, furent
reconnues identiques sauf cependant un léger
enduit de sable grisâtre renfermé dans l'intérieur

du canal de l'artère dentaire et différant complétement de l'enveloppe noirâtre. Ce fait, on le
comprend, était de nature à susciter des doutes
chez des esprits même non prévenus.

L'enquête fut alors transportée sur les lieux
mêmes, à Moulin-Quignon. Plusieurs savants et
hommes de mérite s'ajoutèrent au personnel
déjà assez nombreux de l'expédition ; c'étaient
MM. de Vibraye, Delanoue, Garigou, Bert et
Vaillant. Des précautions minutieuses furent
prises par MM. Edwards père et fils pour éviter
toute supercherie de la part des ouvriers, sur
lesquels les membres de la commission exer-
cèrent la plus rigoureuse surveillance.

La carrière de Moulin-Quignon, près Abbeville, s'exploite à ciel ouvert, au moyen d'une
tranchée d'environ cinq mètres de profondeur,
sur quarante à cinquante mètres de long. Elle
fut d'abord déblayée, puis la tranchée fut poussée
de façon à entamer successivement des portions
du dépôt qui n'avaient pas encore été mises à
nu. C'est alors qu'on mit à découvert plusieurs
lits très-minces du même sable trouvé dans le
canal de l'artère dentaire de la mâchoire ; de

sorte que l'incident allégué d'abord contre la
certitude du séjour de la mâchoire en ce lieu, se
transforma en un témoignage triomphant.
« Cette couche grise se trouvait à quelques centimètres du niveau où la mâchoire avait été
rencontrée, et on concevait facilement que si
l'os, après avoir séjourné quelque temps dans de
l'eau chargée de ce sable, avait été exposé à
l'action de quelque petit remous, il aurait pu
être enfoui plus profondément dans le gravier
noirâtre sous-jacent... Dès lors, le désir d'arriver
à la connaissance de la vérité étant l'unique sentiment dont étaient animés tous les membres de
la réunion, il n'y eut plus qu'une seule opinion[1].
« *Oui, la mâchoire a séjourné dans le terrain
où elle a été trouvée.* »

Nous espérons avoir fait pénétrer la même
conviction dans l'esprit de nos lecteurs; elle résulte pour nous de la logique des faits autant
que de l'honnêteté qui a présidé aux travaux de
la commission. Mais qu'importe le terrain où reposait la mâchoire, si ce terrain n'est pas du

1. La plus grande partie de ce qui précède est emprunté au rapport consciencieux de M. Milne-Edwards.

diluvium ? Or, jamais il n'a été question de l'âge
géologique du terrain où se trouvent tant de
preuves de l'existence de l'homme à une période
bien reculée. MM. Milne-Edwards et de Quatrefages se sont tenus à cet égard dans une sage
réserve, en déclarant leur incompétence sur ce
point du débat. Si le terrain n'est pas du diluvium, l'homme n'est plus contemporain de la
création qui a précédé la création actuelle et la
question, au point de vue géologique, perd une
partie de son intérêt.

Lorsque la discussion s'éleva au sein de l'Académie des sciences sur la nature du terrain, elle
trouva M. Élie de Beaumont tout prêt à la lutte.
Depuis vingt ans, l'éminent secrétaire perpétuel
connaissait le terrain du Moulin-Quignon [1],
qu'il a classé dans la catégorie des *dépôts
meubles sur les pentes*. Son opinion était
donc ancienne et n'avait pas été créée pour
les besoins de la cause. Aussi éleva-t-il la

---

1. Ce terrain est figuré sur la carte géologique exposée
en 1855 au palais de l'Industrie, et indiqué plusieurs années auparavant par MM. du Souich, ingénieur des mines,
et M. Ant. Passy, de l'Institut.

voix avec cette autorité que donne la connaissance complète du sujet que l'on traite. « Les
dépôts meubles sur les pentes, dit-il, sont *post-
diluviens*. Ils peuvent contenir des produits de
l'industrie et des ossements humains, mais ces
mêmes dépôts formés de débris détachés et
entraînés peuvent renfermer des dents et des
ossements d'éléphants, d'hippopotames, etc. Rien
n'est plus complexe et souvent plus difficile à
débrouiller et à expliquer que la couche de
matériaux incohérents qui existe presque partout
au-dessous de la couche de terre végétale que
retourne le soc de la charrue. Confondre tous ces
amas de matières détritiques sous le nom de *diluvium*, c'est simplement éluder les difficultés
auxquelles ils donnent naissance. » Plusieurs
hommes de mérite apportèrent, dans cette
circonstance, à M. Élie de Beaumont, l'appui
d'observations sérieuses. M. Scipion Gras et
M. Robert firent justement remarquer qu'un
courant diluvien, dont les effets ont été si
violents [1], aurait au moins usé et émoussé les

---

1. « Il faut, en vérité, que le transport des débris des
grands animaux ait été bien violent, puisque les mâche-

arêtes et les aspérités des haches, et à plus
forte raison celles de la mâchoire humaine mêlée
à des corps si durs. M. Robert ajouta une
observation nouvelle : On ne trouve pas, dit-il,
de produits de l'industrie humaine en ivoire. Il
serait bien étrange, en effet, qu'à une époque où
les éléphants étaient si nombreux, et où l'homme
devait les chasser, il n'eût pas songé à en utiliser
les défenses. « M. Husson [1] a pu étudier le sol
d'une vallée qui offre un intérêt spécial pour
l'étude des terrains de transport, en ce qu'elle
renferme des exemples de chaque terrain
« Depuis vingt ans, dit-il, le diluvium de cette
vallée a été fouillé en tous sens. Ces fouilles ont
mis à jour un grand nombre de dents d'éléphants
et autres animaux ; mais jamais elles n'ont fourni
le moindre indice de l'existence de l'homme,

lières ont non-seulement été arrachées des alvéoles dans
lesquelles elles étaient enchâssées, mais sont souvent ré-
duites à quelques lames éparses dans le sable. »

1. M. Husson, pharmacien à Toul, connu depuis longtemps pour des travaux géologiques estimés, a bien voulu
nous guider dans une excursion aux cavernes de Sainte-
Reine et à Foug.

M. Alain-Laganne a été notre savant cicerone dans une
excursion aux Eyzies, à Laugerie-basse (Dordogne) et aux
autres grottes sur les bords de la Vézère.

soit en fait d'ossements, soit en fait de produits
industriels [1]. »

M. Hébert, professeur de géologie à la Sorbonne,
qui a étudié spécialement le terrain quaternaire
et fit partie, ainsi qu'on l'a vu, de l'expédition
scientifique d'Abbeville, crut devoir répondre à
M. Élie de Beaumont par une analyse minutieuse
du terrain de Moulin-Quignon et la discussion
de certains points de détail qui semblent d'une
faible portée. Il arrive à cette conclusion, qui
n'en paraît pas une, « que le gisement de Moulin-
Quignon ne présente les caractères ni du diluvium
gris ni du diluvium rouge; il *semble être* le résultat
du mélange des deux par des eaux violemment
agitées... *Peut-être* ce dernier phénomène est-il
multiple. » Plus tard, il affirma que la configuration
du sol de Moulin-Quignon, aussi bien que l'étude
des matériaux entraînés, ne permet pas de supposer l'action d'éboulement des agents atmosphériques.

M. Élie de Beaumont revint à la charge
avec un nouveau succès. L'action des *causes*

1. *Notes relatives à l'apparition de l'homme*, etc. Toul,
1863.

*actuelle*s n'a été, dit-il, interrompue que
momentanément par les phénomènes diluviens.
Peut-être faudrait-il ajouter que cette action n'a
jamais cessé d'exister, pas plus que les causes
elles-mêmes, et qu'on en doit retrouver la trace
à toutes les époques de la création. Si l'on
cherche, ajoutait-il, l'origine du banc de Moulin-
Quignon dans l'action des glaces polaires qui
auraient flotté sur la baie de la Somme, on a
recours à de bien grands phénomènes pour
expliquer un bien petit effet, et en tout cas le
banc de Moulin-Quignon n'appartiendrait pas au
diluvium proprement dit, le diluvium alpin, pas
plus que si on le considère comme un mélange
postérieurement effectué des diluviums rouge et
gris. Quant au second point soulevé par
M. Hébert, de la configuration du sol et des
matériaux entraînés, M. Élie de Beaumont y
répondit victorieusement par des chiffres. Les
pentes des alentours sont *plus que décuples de
la limite supérieure de la pente des rivières
navigables*, et par conséquent suffisante pour
produire des ravages sur les plateaux ondulés
de la Picardie, formés de terrains peu cohérents.

Nous voici maintenant, en quelque sorte, revenus au point de départ, c'est-à-dire à la décision de Cuvier : *L'établissement de l'homme dans les pays où se trouvent les fossiles d'animaux terrestres est postérieur aux dernières révolutions que le globe ait subies.* On ne saurait, en effet, conclure la contemporanéité de l'homme et des espèces perdues de la réunion des haches, de la mâchoire et des os fossiles. L'affirmation bien étayée de M. Élie de Beaumont, son autorité en pareilles matières, laisseraient au moins la décision en suspens, si les dernières lettres échangées entre lui et M. Boucher de Perthes, également honorables pour tous deux, n'étaient venues détruire nos dernières indécisions.

Telles étaient les conclusions d'un travail que nous publiâmes en 1864, au moment du débat sur la mâchoire de Moulin-Quignon. Nous avons pensé qu'il était bon de le reproduire pour montrer avec quelle réserve il convient d'accueillir les faits nouveaux dont la constatation est si délicate à établir. Malheureusement une enquête

aussi sérieuse et aussi désintéressée n'a pas été
faite pour toutes les recherches de la même nature, et dès lors nous sommes toujours dans
l'attente de nouveaux faits certains et bien con-
trôlés. Sans doute nous croyons que l'apparition
de l'homme date d'une époque très-ancienne,
qu'il a pu vivre avec des animaux dont l'espèce
est perdue, mais nous ne pensons pas qu'on
puisse aller plus loin, et la question de la chronologie des terrains, de toutes la plus difficile à
établir, ne nous paraît pas résolue.

V

L'HOMME PRIMITIF

> ..... Au commencement, les premiers
> hommes ignoraient les usages du feu, ils
> ne savaient pas se servir de peaux de
> bêtes, ni se vêtir de leur dépouille; ils
> habitaient les bois, les cavités des mon-
> tagnes, les forêts..... ils ne connaissaient
> pas le lien des mœurs et des lois...
>
> LUCRÈCE.

§ 1. — LES TÉMOIGNAGES.

Longtemps avant les premiers documents historiques, longtemps avant même l'invention de
l'écriture, l'homme existait, et laissait de son séjour sur la terre des traces dont la véracité ne le
cède pas aux écrits des historiens. Si l'on considère d'ailleurs combien l'histoire, celle même
des événements contemporains, est d'une vérité
incomplète et défectueuse, on sera plus disposé

à accorder aux témoignages d'un autre ordre
l'importance qu'au premier abord on serait tenté
de leur refuser. La vérité historique est relative:
les historiens ne sont-ils pas passionnés, les renseignements insuffisants, les appréciations faus-
sées par les changements survenus dans les
mœurs? Gardons-nous donc de croire que cela
seul qui est écrit est authentique, et examinons
de plus près la valeur des vestiges que l'on peut
nommer extra-historiques.

Quelle en est d'abord la nature?

Pour que l'homme vécût, il fallait qu'il se
nourrît. Il inventa donc des armes pour atteindre
les animaux et des ustensiles pour préparer ses
aliments. Les débris de cette nature qu'on rencontre nous éclairent sur le mode d'alimentation
des premiers hommes et par suite sur certains
côtés de leurs mœurs ; nous apprenons ainsi s'ils
ont été chasseurs, pêcheurs ou pasteurs ; s'ils
ont poursuivi la bête fauve dans les forêts ou
s'ils ont saisi près du rivage les habitants des
eaux, ou encore s'ils ont mené une vie paisible,
entourés de nombreux troupeaux.

L'homme ne s'attaquait pas seulement aux

animaux dont il devait faire sa proie, comme
aujourd'hui l'amour des conquêtes, le désir ou
l'espérance d'un butin, la faim même le déter-
minèrent souvent à faire la guerre à ses semblables. Les mêmes armes servirent à frapper
l'homme aussi bien que l'ours et l'éléphant. A
cette époque, il n'y a pas encore de différence
entre l'arme de guerre et l'arme de chasse,
entre l'arme elle-même et l'outil. Nous sommes
encore loin des temps où chaque instrument,
dans sa substance et dans sa construction, sera
approprié à un but unique.

L'homme dut se vêtir pour préserver son
corps du froid, du vent, de la pluie. La peau des
bêtes dévorées ou des tissus grossiers, premiers
rudiments de l'industrie textile, furent ses premiers vêtements. Les outils nécessaires à la pré-
paration des unes et à la fabrication des autres
constituent des indices d'une autre nature.

Il est une autre sorte d'abri dont l'importance
est plus grande encore au point de vue des
renseignements que nous en tirons, c'est l'habitation. C'est principalement dans les cavernes, car
les constructions primitives de toute nature ont

disparu, qu'on trouve des débris d'ossements, d'armes, d'ustensiles qui nous renseignent tout à la fois et sur le mode de nourriture, et sur la nature des armes employées, et sur les vêtements des premiers hommes. Tantôt ces débris sont là, disposés sur le sol, à l'endroit même où ils ont été abandonnés ; tantôt ils proviennent de points fort éloignés de ceux où on les trouve : ils ont été transportés par des pluies torrentielles qui, entraînant des fragments de roches, et s'engouffrant dans les cavernes les ont broyés et mêlés à des ossements humains.

A l'origine, l'habitation de l'homme pendant sa vie devenait son dernier abri, sa tombe. C'était sa première et sa dernière demeure. Aussi trouve-t-on auprès des ossements du mort les objets qui lui ont appartenu, ceux surtout auxquels il attachait le plus de prix. Ce sont des armes, des bijoux, parures grossières des premiers âges ; des amulettes qui prouvent que le sentiment religieux n'avait pas acquis ce degré de pureté et d'élévation qu'on rencontre au sein des nations civilisées.

Ces divers objets nous révèlent le degré de dé-

veloppement de l'esprit, l'ensemble des connaissances humaines à cette époque ; ils nous permettent encore de savoir si l'homme des premiers
temps a connu le feu, s'il avait déjà réduit certains animaux à l'état domestique, s'il possédait
les premières notions de l'agriculture et des
arts.

On conviendra que ces nombreux documents,
convenablement interprétés, peuvent servir à
écrire l'histoire des temps préhistoriques. Ils ne
sont pas moins sérieux que les restes fossiles qui
servent à établir l'histoire de la Terre. Nous pouvons ainsi ajouter un anneau à la longue chaîne
de l'histoire, et remonter plus près de l'origine
des choses.

Commençons par l'examen des lieux où gisent
les débris dont il vient d'être question.

§ II.   LES CAVERNES.

Il existe sous le sol, dans l'épaisseur de la croûte
terrestre, à une profondeur variable, des cavernes
plus ou moins vastes dont les galeries s'étendent
dans des directions diverses. Des causes très-

différentes sans doute ont contribué à produire ces grottes : tantôt ce sont les mouvements ou les dislocations des couches terrestres ; tantôt des éboulements internes, ou encore le passage des eaux d'infiltration qui ont dissous ou entraîné les terres solubles ou meubles ; enfin certaines cavernes conservent la trace du séjour des eaux et ont été des canaux souterrains naturels.

Les animaux et l'homme ont trouvé dans les cavernes une retraite toute prête ; on peut donc tout naturellement supposer qu'ils ont dû s'y établir et y laisser des marques de leur séjour. Toutefois, le plus souvent les ossements et les reliques de nature diverse recueillis dans les cavernes y ont été entraînés par les eaux torrentielles.

Les cavernes sont rarement d'un accès facile et on pourrait s'en étonner au premier abord, mais, sans doute les mouvements du sol en ont fermé les issues ou modifié l'intérieur depuis la disparition de leurs habitants ; il ne serait d'ailleurs pas impossible que les hommes eussent choisi précisément celles dont l'entrée était dissimulée et les passages difficiles, afin d'y trouver des abris plus sûrs.

Le sol et les parois de ces grottes sont généralement recouverts de stalagtites et de stalagmites,
c'est-à-dire de ces dépôts calcaires abandonnés
par les eaux qui suintent à travers les fissures
des rochers. Ils forment des couches épaisses,
dures comme le marbre, qu'on ne brise qu'avec
peine à coups de pic, lorsqu'on veut mettre le sol
à découvert pour retrouver les restes enfouis.

On en rencontre de nombreuses sur les bords
de la Meuse, fréquemment explorées par le savant belge Schmerling, surtout celles d'Engis et
d'Engiboul, près de Liége, célèbres par la découverte qu'on y a faite de crânes humains ; en
France, on connaît celles de Sainte-Reine, près de
Toul (Meurthe), de Lunel-Viel, des Eyzies, etc.; les
cavernes de la province d'Alger, décrites par
M. Paul Marès ; celles de Kirkdale (comté d'York),
explorées par le célèbre géologue Buckland ; de
Kent (comté de Devon), en Angleterre ; et tant
d'autres, non-seulement dans les diverses contrées de l'Europe, mais dans les diverses parties
du monde [1].

Ce n'est pas chose aisée que de pénétrer dans
ces cavernes et de les parcourir. Souvent l'entrée

n'en est pas apparente et l'accès en est fréquemment difficile. Quelquefois il faut descendre par
un puits jusqu'à une certaine profondeur dans
l'intérieur de la terre pour gagner l'ouverture.
C'est ainsi que Schmerling se laissait glisser le
long d'une corde jusqu'à l'ouverture de la caverne d'Engis. Il faut ensuite ramper pour gagner, à travers d'étroits passages, les parties plus
vastes qui étaient en quelque sorte les chambres
d'habitation. Là, pendant de longues heures, les
pieds dans un sol boueux, les eaux d'infiltration
ruisselant sur les vêtements, il faut percer la
croûte stalagmitique pour mettre à découvert
le sol où les débris sont entassés. Pièce à pièce,
on détache non-seulement des ossements, mais
aussi des fragments de poteries grossières, des
pierres à feu ou silex taillés de diverses manières et simulant des armes, des outils, des
ustensiles divers ; des os taillés en pointe, etc.

Certains ossements d'animaux appartiennent à
des espèces disparues et sont néanmoins mêlés
aux ossements humains et aux débris de l'industrie humaine. Ce sont des os d'ours, d'hyènes,
d'éléphants, de rhinocéros, etc. différents de ceux

de nos jours [2], à côté d'os de chats, de castors, de sangliers, de chevreuils, de loups, etc., appartenant à des espèces encore vivantes; ceux de certains poissons, d'un serpent et de plusieurs oiseaux; enfin, des fragments très-incomplets de squelettes humains, parmi lesquels il faut citer la partie supérieure de quelques crânes trouvés à Engis, les débris de squelettes à Engiboul et dans le Neanderthal (vallée de la Dussel, près Dusseldorf). Tous ces débris ont été préservés d'une destruction complète par l'épaisse croûte pierreuse qui les recouvre: les gouttes d'eau calcaire, en tombant lentement, ont formé une sorte de ciment avec la roche, les os et les restes de toutes sortes.

Il est permis de croire que, le plus souvent, les cavernes ont servi alternativement d'abri à l'homme et de repaire aux animaux sauvages; ainsi s'expliquerait l'assemblage incohérent d'ossements et de restes divers; mais il est évident aussi que, dans certains cas, les eaux torrentielles, ravinant les terres, les ont entraînées mêlées aux ossements, à travers les fissures du sol, et de là dans les grottes. Ce fait est confirmé par l'usure et le polissage partiel auquel ont été soumis ces débris.

§ III. — LES TOMBEAUX.

Nous l'avons dit, il n'y a pas loin des cavernes aux tombeaux ; à cette époque primitive, la demeure qui a abrité l'homme pendant sa vie l'abrite encore après sa mort. On laisse auprès du mort ce qu'il a le plus aimé : ses armes, ses bijoux, quelques amulettes et les ustensiles à l'aide desquels il prenait sa nourriture. Souvent on le trouve accroupi, ramassé sur lui-même, le menton reposant sur les genoux, comme si l'on avait voulu, par cette attitude qui rappelle celle de l'enfant dans le sein de sa mère, indiquer le commencement d'une seconde vie au delà du tombeau.

A l'origine, les constructions, quelle que soit leur destination, temples, tombeaux ou habitations, sont une imitation plus ou moins fidèle de la grotte ou de la caverne. L'homme ne crée pas spontanément ; son intelligence doit être éveillée par la vue de quelque objet naturel qu'il perfectionne. En attendant que l'arbre fasse naître dans son esprit l'idée de la colonne, la grotte lui montre le premier type de la maison. De même que l'étincelle jaillit du fer qui heurte le caillou, son intelligence s'illumine soudain à l'aspect de certains phénomènes ou à la vue d'objets dont la forme convient à un but. Les premières constructions offrent donc un modèle uniforme : ce sont des tertres, des monticules creux, des amas de pierres sèches ou cimentées ayant la même forme.

L'emploi de la pierre, pour des usages très-divers se retrouve chez tous les peuples et depuis l'antiquité la plus reculée. Après le songe de l'*échelle*, Jacob prend la pierre dont il avait fait son chevet et la dresse en manière de monument. Quand il fait sa paix avec Laban, lui et ses frères élèvent un tas de pierres comme une borne entre Laban et lui. Moïse élève à l'Éternel un autel de pierre non taillées. Josué, au passage du Jourdain, érige un monument de douze pierres. Encore de nos jours, dans les pieuses visites qu'ils rendent aux tombeaux, les Israélites déposent des pierres comme témoignage de leurs visites.

Ne pourrait-on pas voir là une tradition remontant jusqu'aux origines de ce peuple si fidèle à sa loi [3] ?

Il est également question dans l'histoire grecque de tas de pierres ou de terre désignés sous le nom de tombeaux des héros.

Les tombeaux des Celtes consistent en amas de pierres d'autant plus élevés que le mort est de plus haute condition. Deux de ces tombes se trouvent dans la cour du musée de Cluny, à Paris.

Les pyramides d'Égypte sont l'expression la plus noble de ce culte rendu aux morts ou de ces monuments élevés en commémoration d'un grand événement.

Un caveau funéraire, qui paraît être un des plus anciens monuments de cette nature, et qui tient en quelque sorte une place intermédiaire entre les cavernes et les tombeaux, fut découvert par hasard, il y a quelques années, tout près de la petite ville d'Aurignac (Haute-Garonne).

Un ouvrier, employé à la réparation des routes, remarqua un trou où se réfugiaient les lapins poursuivis par les chasseurs. En plongeant le bras de toute sa longueur dans l'ouverture, il en retira, à sa grande surprise, un os long d'un squelette humain. Ce fait piqua sa curiosité ; il creusa le sol et, en peu d'heures, il se trouva en face d'une lourde et grande plaque de pierre placée verticalement et qui fermait l'entrée d'un caveau. La pierre enlevée, il découvrit une grotte de deux à trois mètres dans tous les sens. Elle était presque entièrement remplie d'ossements, au milieu desquels se trouvaient des crânes humains, ainsi que les restes de quelques animaux et des débris d'objets travaillés ; la grotte d'Aurignac était donc un ancien lieu de sépulture. Les parents, les amis des morts sont venus sur le seuil du caveau faire le repas des funérailles, après avoir placé auprès des cadavres les provisions pour le grand voyage.

Nous voici tout naturellement amené à parler de constructions en terre ou en pierre (*tumuli*) répandues dans toutes les parties du monde, de formes et de dimensions variées, mais offrant en général l'aspect de monticules ou de tertres verdoyants. C'étaient des temples, ou des camps, ou des sépultures. Quelques-uns, comme ceux de la vallée de l'Ohio.(Amérique), couvrent une vaste surface et ont un volume considérable. Les *dolmens* étaient en quelque sorte la charpente de ces monticules [4].

On y trouve des restes à peu près analogues à ceux qui ont été recueillis dans les cavernes, et dont nous avons fait l'énumération.

Par un moyen indirect et très-ingénieux on a démontré que l'origine de ces monticules remonte à une époque très-ancienne. Depuis qu'ils ont été abandonnés, plusieurs générations d'arbres s'y sont succédé dans un ordre qu'on pourrait appeler un assolement naturel. Or, un des vétérans des dernières forêts ne comptait pas moins de 800 ans, ce dont on a pu s'assurer par le nombre des couches concentriques dont le tronc était formé. Si l'on évalue de même la durée probable de chacune des générations, on est conduit à faire remonter au moins à quelques milliers d'années la date de ces ouvrages, et plus haut encore l'origine des peuples qui les ont construits.

L'antiquité de ces tumuli est confirmée par

celle autre observation, que certains cours d'eau, après avoir rongé la base de ces monuments, ou plutôt le pied des collines qui les supportent, se sont déplacés et coulent aujourd'hui à une assez grande distance de leur ancien lit.

§ IV. — LES KŒKKEN MŒDDING.

Kœkken mœdding sont deux mots danois qui signifient *restes de repas* ou rebuts de cuisine. Il s'agit, en effet, des restes laissés par les premiers habitants des bords de la Baltique. Ils forment des monticules de grandeurs différentes, tantôt allongés, tantôt arrondis, présentant quelquefois au milieu un espace vide. Ils sont échelonnés le long des côtes comme une suite de collines ondulées. On y trouve des coquilles, des os, des poteries, des silex, etc. Depuis la découverte des premiers kœkken mœdding sur les côtes du Danemarck, on en a rencontré sur d'autres rivages, et partout ils offrent les mêmes caractères.

Il en est dont les dimensions atteignent jusqu'à 300 mètres de long sur 50 de large et de

haut. La plupart sont baignés par la mer et
s'élèvent peu au-dessus du niveau des eaux.
On en trouve cependant à une assez grande distance du rivage, qui, à une époque reculée,
étaient au bord même de la mer.

Longtemps ces kœkken mœdding n'appelèrent
pas l'attention. On supposa d'abord que c'étaient
des grèves soulevées qui renferment, on le sait,
des débris d'animaux marins mêlés au sable
et au gravier ; mais le savant professeur danois
Steenstrup, examinant avec un soin scrupuleux
la nature des débris, a montré de la manière la
plus évidente que ce sont bien les restes des
repas des habitants primitifs du Danemarck.

D'abord on ne trouve pas des coquilles quel-
conques, mais des espèces déterminées, et, de
plus, en petit nombre ; en outre elles sont toutes
d'assez grande taille, enfin les espèces dont les
coquilles sont rassemblées ne vivent pas ensemble. Tout cela prouve bien que les kœkken
mœdding ne sont pas des dépôts naturels. Les
hommes ont d'abord fait un choix ; puis, parmi
les espèces choisies, ils ont pris celles qui avaient
une assez grande taille ; enfin, elles ont été

pêchées en divers lieux. De même, de nos jours,
l'homme se nourrit de certains mollusques tels
que les moules et les huîtres, etc., et il les
choisit d'une certaine grosseur. De la sorte, s'il
en entassait les débris sur certains points, ils
formeraient des agglomérations analogues à
celles des kœkken mœdding.

Ajoutons que de nombreux fragments d'os
sont mêlés aux coquilles et qu'ils proviennent
d'oiseaux, de poissons ou d'autres animaux marins ou terrestres. Ici, il n'y a plus de doute
possible ; nous sommes en face des restes de
la chasse. Les hommes de la Baltique étaient
tout à la fois chasseurs et pêcheurs. Ils s'aven-
turaient à une certaine distance de la côte, dans
les forêts, à la poursuite du cerf, du chevreuil,
du sanglier, du coq de bruyère, etc. Au bord
des grands lacs, ils trouvaient le canard, le
cygne et l'oie, dont les ossements abondent dans
les kœkken mœdding. D'un autre côté, ils osaient
s'avancer assez loin sur la mer, comme le prouvent les nombreuses arêtes de hareng et de ca-
béliau ; ils connaissaient également la limande
et l'anguille ; enfin, les mollusques qu'ils trou-

vaient non loin du rivage sont l'huître, la moule, la coque et la littorine.

Au retour de la chasse ou de la pêche, ils s'établissaient sur les bords de la mer, et là, accroupis, groupés en familles, ils dévoraient plutôt qu'ils ne mangeaient leurs provisions et en laissaient les restes sur la place autour d'eux, ce qui est très-bien indiqué par la forme, les saillies et les creux que présentent les monticules.

En suivant les contours de la côte danoise, on remarque qu'il n'y a pas de kœkken mœdding sur toute la partie occidentale. Serait-ce parce que la côte a été surtout habitée dans les points abrités ? Serait-ce parce que les vagues les auraient peu à peu rongés et détruits ? Il est probable que la mer Baltique n'était pas alors, comme aujourd'hui, divisée en de nombreux détroits et communiquait plus librement avec la mer du Nord. Peu à peu, le passage aurait été obstrué, et par suite les mouvements de la mer modérés ; de sorte que, sur les côtes occidentales, la mer libre, continuant à balayer le rivage, a fait disparaître peu à peu les monceaux de débris, qui sont restés sur les autres points où l'action des eaux était moins violente.

Ce qui permet de croire qu'en effet l'entrée de la Baltique a été plus dégagée, et que le milieu dans lequel se développent les mollusques s'est modifié, c'est que les mollusques dont se nourrissaient les hommes à cette époque, et qui vivent encore dans la mer danoise, n'y parviennent plus à la taille de ceux dont les coquilles se retrouvent dans les kœkken mœdding. Peut-être aussi le soulèvement lent et continu des côtes a t-il contribué à faire naître les nombreuses îles dont cette mer est pour ainsi dire parsemée.

Enfin, une troisième observation a permis d'établir, par un moyen détourné, mais très-ingénieux, la date approximative de cette époque reculée. Nous avons dit qu'on trouvait dans les tas un grand nombre d'os du coq de bruyère; or, cet animal vit de bourgeons de pins. Mais les forêts de pins n'existent plus en ces lieux, où se trouvent aujourd'hui des hêtres. Ces derniers ne sont pas venus immédiatement après les pins ; ils ont succédé à des chênes. Sur le premier sol ont successivement poussé les pins, les chênes

et les hêtres, trois peuples végétaux qui se sont
succédé naturellement. Les troncs qu'ils nous ont
laissés nous renseignent sur leur âge et nous
permettent de remonter jusqu'à environ quatre
mille ans.

§ V. — LES CITÉS LACUSTRES.

Il existait au nord de la Grèce un pays nommé
la Péonie. Les habitants de ce pays furent en
partie soumis par les Perses, mais les autres
Péoniens, qui habitaient des huttes construites
sur pilotis, au milieu du lac Prasias, purent ainsi
échapper à leurs ennemis et conserver leur indépendance. Voici comment Hérodote, l'historien
grec, décrit les demeures et les mœurs de ces
derniers :

« Leurs maisons sont ainsi construites : Sur
des pieux élevés, enfoncés dans le lac, on a posé
des planches jointes ensemble; un pont étroit est
le seul passage qui y conduise. Les habitants
plantaient autrefois ces pilotis à frais communs ;
mais dans la suite il fut réglé qu'on en apporte-

rait trois du mont Orbele à chaque femme que
l'on épouserait. La pluralité des femmes est per-
mise dans ce pays. Ils ont chacun sur ces planches
leur cabane, avec une trappe bien jointe qui
donne sur le lac ; et, dans la crainte que leurs
enfants ne tombent par cette ouverture, ils les
attachent par le pied avec des liens de jonc. Au
lieu de foin, ils nourrissent leurs chevaux et leurs
bêtes de somme de poissons? dont l'abondance
est telle dans ce lac, qu'en y descendant par la
trappe un panier, on le retire peu après rempli
de poissons. » (Liv. V, parag. XVI.)

Ce qu'Hérodote nous raconte des Péoniens
peut s'appliquer à des peuplades qui ont habité
les lacs de la Suisse à une époque bien antérieure à l'existence de ce peuple. C'est seulement
en 1855, lorsque les eaux des lacs baissèrent à
un point où on ne les avait pas encore vues,
qu'on découvrit par hasard les restes des habitations de ces peuples formant des groupes qui
ont reçu le nom de villages ou de cités *lacustres*. Quelques habitants de Meilen, petite
ville située sur les bords du lac de Zurich, vou-
lurent profiter des basses eaux pour s'emparer de

la portion du rivage laissée à sec et agrandir ainsi leurs petites propriétés. Les fouilles qu'ils pratiquèrent dans la vase du lac mirent à découvert des restes de pilotis ayant servi aux constructions, des outils, des armes, des fragments de poteries, des ossements d'animaux, des graines, des fruits à noyau, et même des morceaux d'étoffes.

Les pilotis étaient assez bien conservés. Ils portaient la trace des entailles faites avec des instruments de pierre ; ils étaient en partie carbonisés, soit qu'on eût abattu les arbres en brûlant leur tronc à la base, soit que les villages lacustres eussent été incendiés à une certaine époque par des conquérants qui avaient emmené les populations en captivité.

En examinant la disposition des pilotis, en s'aidant des renseignements fournis par les historiens sur les habitations du même genre, sur celles des Péoniens par exemple, en les comparant avec celles qui existent encore aujourd'hui sur le Don et à Bornéo, on a conclu que les villages lacustres étaient des groupes de huttes tantôt rondes, tantôt rectangulaires, avec un plancher à fleur d'eau, recouvertes d'une toiture et cimentées avec de l'argile. Lorsque les huttes étaient voisines du rivage, on y arrivait par un pont mobile ; plus éloignées du bord, on y allait en canots faits avec des troncs d'arbres creusés. Les habitants se trouvaient ainsi à l'abri des attaques de leurs ennemis et des animaux féroces, tels que l'ours, le loup et le sanglier.

Il y eut une époque où non-seulement les lacs de la Suisse, mais aussi ceux de l'Italie, de l'Ir- lande, de l'Amérique, étaient couverts de vil- lages semblables. Le mode de construction va- riait peu. En Irlande, par exemple, les huttes étaient construites sur des îlots artificiels ou *crannoges*. Sur le lac de Genève seulement, on a compté l'emplacement de vingt-quatre de ces vil- lages, dont un seul, comprenant environ deux cents huttes, couvrait une surface d'environ 400 mètres de long sur 50 de large, et contenait un millier d'habitants.

Les débris enfouis dans la vase au milieu des pilotis étaient des armes en silex en forme de hachettes, de flèches, etc.; des cornes, des os ap- partenant à des animaux domestiques, comme le bœuf, le mouton, la chèvre, le cygne, l'oie, ou à des animaux sauvages, comme l'ours, le loup, le sanglier ; des céréales indiquant une culture avancée ; des poteries et même des tissus qui montrent une certaine industrie.

Les plus anciennes cités lacustres peuvent être regardées comme contemporaines des kœkken mœdding, mais on ne saurait en dire autant des plus récentes, car il est évident aussi que de nombreuses générations se sont succédé sur les mêmes lieux. Les constructions ont été perfectionnées, les outils et les armes améliorés, le métal a suivi la pierre, la culture est venue, et avec elle les troupeaux. Un progrès analogue a dû s'accomplir chez les habitants des côtes et en général chez tous les peuples entre lesquels les communications étaient faciles à cette époque ; une civilisation uniforme s'est ainsi produite en même temps sur tous les points du globe.

§ VI. — EXAMEN DES DÉBRIS.

Nous n'avons fait, jusqu'à présent, qu'énumérer les reliques trouvées en tous lieux, chez des peuples divers, vivant dans des conditions diffé-

rentes. Chasseurs ou pêcheurs, habitants des
forêts ou des rivages, tous nous ont laissé des
armes, des ustensiles, des outils, etc., qui se
ressemblent en général et révèlent une époque
unique, mais diffèrent dans les détails avec la région, les mœurs et les habitudes des peuples.

Sans doute, tous les outils étaient en pierre,
mais la pierre employée à cet usage n'était pas
de la même nature dans tous les pays : dès lors
la grandeur, la couleur, l'éclat étaient différents ;
il y avait un mode général de fabrication, mais la
solidité, la consistance, la dureté variant, il était
plus ou moins facile de la briser, de la tailler, de
la polir ; enfin, les parties accessoires, telles que
les manches, les liens, différaient également.

Les choses ne se passent pas autrement aujour-
d'hui, bien que les chemins de fer et les expo-
sitions qui en sont la conséquence aient beaucoup contribué à répandre partout les mêmes
connaissances et les mêmes procédés ; mais un
progrès ne peut modifier la nature du sol, la composition de la croûte terrestre et les climats, ni
détruire complétement l'influence du milieu sur
l'homme. Aussi reste-t-il des différences dans la

manière d'appliquer les mêmes connaissances et d'user des mêmes procédés.

De là, les outils de silex, de serpentine, de jade, etc. ; différant par la grosseur, la forme, le degré de poli. Parmi les silex se trouvent des fragments plus gros que les autres, dont on a détaché méthodiquement des éclats plus petits ; on voit là trace des entailles pratiquées à l'aide d'un autre silex, ce qui nous éclaire sur le mode de fabrication. La cassure en coquille de cette pierre se prêtait facilement à ce travail ; sa dureté, ses arêtes tranchantes étaient autant de précieuses qualités qui la faisaient rechercher et comme elle est répandue abondamment, on ne saurait être étonné que l'usage en fût très-général.

Il nous semble difficile d'admettre des périodes distinctes et tranchées de l'âge de pierre, l'une correspondant à la pierre grossière, l'autre à la pierre polie. Il est probable que le travail de la pierre s'est perfectionné pendant toute la durée de l'âge de pierre d'une manière continue, comme nous l'avons vu de notre temps pour le travail des métaux. En voyant des silex brisés naturellement on a pu concevoir l'idée de les tailler, et l'atten-

tion une fois éveillée sur ce point, la taille a été
dirigée en vue de donner à la pierre tantôt la forme
d'une flèche, tantôt celle d'un grattoir ou d'un couteau. Certains instruments étaient pourvus d'un
manche, d'autres directement saisis à la main. [5]

Les variétés de forme montrent clairement l'emploi de chacun : les uns servaient à attaquer les
animaux, d'autres à découper leur chair, d'autres
à gratter les peaux afin de les rendre propres à
divers usages, etc. On retrouve sur certains os
la trace du coup qui a dû déterminer la mort de
l'animal, ce qui a permis de reconnaître la nature de l'arme qui a fait la blessure. Lorsque les
silex ont réellement servi, un œil exercé peut y
voir la marque d'un long usage : les arêtes sont
émoussées et la surface présente cet aspect tout
particulier qu'on nomme patine. Certaines de ces
pierres présentent des incrustations formées de
cristaux microscopiques qui ont été déposés par
un liquide dans des fentes invisibles et se sont
groupés de manière à imiter des arbres et des
paysages. C'est ce qu'on nomme des *dendrites*.

Les poteries ou plutôt les fragments de po-
terie qu'on rencontre ont généralement la forme

de demi-boules creuses, ou de pots à fleur. Le dessin en est très-simple ; les ornements se réduisent à des empreintes que le potier a dû faire avec ses doigts ou à l'aide des liens qui servaient à suspendre l'objet pour le faire sécher. Ces vases sont d'argile, tantôt cuits au feu et tantôt durcis au soleil.

Quelques rares morceaux d'étoffes fabriqués à l'aide de fils tressés et non tissés forment les seuls spécimens que nous ayons de l'industrie textile de l'homme primitif. On aurait pu douter de leur authenticité si l'antiquité n'en avait été constatée par une curieuse observation faite au microscope. A l'aide de cet instrument on a pu, en effet, voir sur le tissu certains végétaux invisibles à l'œil nu et qui datent d'une époque très-ancienne.

Les ornements ou les bijoux sont tantôt des assemblages de pierres de formes bizarres ou des colliers de dents, de coquilles, de petites pierres percées et enfilées sans doute avec des liens d'origine animale. Quant aux anneaux, aux bracelets, aux ornements de bronze, ils sont évidemment d'une époque bien moins ancienne, et

montrent ce que nous avons dit plus haut sur la
manière dont se succèdent les phases de la civilisation et dont se superposent les débris qui y
répondent.

Des fruits, des grains et même des gâteaux
préservés de la décomposition par une carbonisa-
tion accidentelle, des os d'animaux domestiques
ont fait connaître jusqu'à quel point la culture
du sol était développée sur certains points dans
les derniers temps de la période de pierre.

§ VII. — LES SAUVAGES.

Tout n'est pas problème dans la question qui
nous occupe; l'homme sauvage peut être regardé
comme un homme primitif, et la comparaison de
ses mœurs avec ce qu'on sait des mœurs de
l'homme primitif permet de croire à une ressemblance très-grande entre ces sauvages de deux
époques différentes.

Dans le parallèle qu'on a établi entre ces deux
types voisins sinon semblables, on ne s'est pas
borné à un examen d'ensemble, mais on a tout
naturellement tenu compte du milieu et comparé

les groupes humains placés dans les mêmes conditions et se trouvant en présence des mêmes
obstacles. Ainsi, les objets recueillis dans les
kœkken mœdding ont été comparés à ceux qu'on
rencontre chez les sauvages qui habitent les
rivages de la mer ; les débris divers provenant
des cités lacustres ont été rapprochés d'objets
paraissant avoir eu la même destination et appartenant à certaines peuplades aujourd'hui
encore établies sur des lacs.

Tout a été comparé, pièce à pièce, les armes
avec les armes, les ustensiles avec les ustensiles,
les abris, les tombeaux avec leurs analogues, et
ces rapprochements n'ont pas seulement fait
ressortir plus vivement les ressemblances, ils
ont permis d'expliquer l'usage de certains objets
d'une destination jusqu'alors inconnue. Mais la
plupart des populations sauvages ont déjà eu des
rapports avec les nations civilisées et, par elles,
elles ont connu l'usage des métaux ainsi que certains procédés industriels ; de là une influence
dont il faut tenir compte dans les comparaisons.
Ajoutons qu'il est difficile de retrouver les
hommes dans des conditions absolument iden-

tiques, et on conviendra que les choses ne sont
pas aussi simples qu'on aurait pu le croire au
premier abord et qu'on ne saurait rien affirmer
sans trop de réserve.

C'est surtout à l'extrême nord et à l'extrême
sud des continents, dans le voisinage des pôles,
aux limites les plus reculées des terres habi-
tables, qu'il faut aller chercher les peuplades
sauvages. Dans ces contrées désolées où un froid
des plus rigoureux suspend toute vie, où quelques rares lichens abrités par la neige végètent
misérablement, où des animaux affamés se dis-
putent une proie fugitive, des populations vivent
encore dans l'état primitif.

Au nord de l'Amérique voici les Esquimaux;
au sud, les Patagons; les Hottentots, au sud
de l'Afrique. Enfin, en dehors des grands continents, répandus dans les îles, on rencontre
les Australiens, les Taïtiens, les Veddahs, les
habitants de Viti, etc., qui ont un grand
nombre de traits communs. Ce sont là les sauvages actuels.

Tous ou à peu près tous font usage d'instru-

ments de pierre : haches, flèches, marteaux, etc.
auxquels un certain nombre ont ajouté des instruments de métal le plus souvent d'origine
étrangère, savoir des massues, des lances, des
frondes, etc.

Les Australiens et les Patagons du rivage
rappellent sans doute par leurs mœurs et leurs
coutumes les Danois primitifs. On voit échelonnés
sur les côtes qu'ils habitent les tas de coquilles
mêlées d'os, de hachettes et de débris divers
analogues aux kœkken mœdding. On peut même
suivre la formation de ces tas, en assistant aux
repas des Australiens : ils se nourrissent de divers mollusques et en rejettent les coquilles
autour d'eux, ils dévorent la chair des poissons
et des animaux terrestres, dont les os se mêlent
aux coquilles ; puis, au milieu de ce mélange, se
trouvent des objets usés ou perdus tels que les
hameçons qui révéleront dans l'avenir un peuple
pêcheur, et les flèches qui annonceront un peuple
chasseur, ou encore des fragments de poteries ou
d'ustensiles qui témoigneront de leur industrie.

Sauvages de toutes les régions, du rivage, des
îles ou de l'intérieur des terres, tous ou à peu

près placent les morts de la même manière : assis, les genoux ramassés vers le menton, la tête inclinée. Auprès du mort sont ses armes, ses ornements, ses objets les plus précieux. La tombe est un monticule, ou la hutte du mort même recouverte de pierres, de terre et d'arbres. De sorte que tout est renfermé dans la première et la dernière demeure de l'homme ; son existence est racontée par tout ce qui l'entoure ; ce sont pour ainsi dire des mémoires parlants.

Schiller a rappelé dans une ballade, d'après le voyageur anglais John Carver, les rites funèbres d'une tribu indienne :

Entonnez le chant funéraire,
Apportez le dernier cadeau,
Mettez tout ce qui peut lui plaire
Auprès du mort dans le tombeau.

Déposez d'abord à sa tête
La hache terrible en sa main,
Puis un quartier d'ours, sa conquête ;
Les morts font un si long chemin !

Puis le couteau, tranchant, rapide,
Qui de son ennemi gisant
Scalpait la chevelure humide
Et la peau du crâne sanglant

Puis dans sa main, pour qu'il s'en peigne
Les couleurs dont il fut épris,

Qu'éclatant de rouge il atteigne
Le grand royaume des Esprits (1).

Les insulaires, les habitants de Viti, et les habitants des rivages construisent des canots avec des troncs d'arbres creusés à l'aide du feu ; ils ont des filets et se servent d'écailles en guise de vaisselle. Ceux de Viti sont plus civilisés que les autres : ils possèdent des arcs, des flèches, des frondes, des massues ; ils construisent des maisons et se servent avec une adresse sans exemple de couteaux de bois durci au feu ; ils sont couverts de vêtements, font usage de poteries, enfin ils cultivent la terre. Australiens et Taïtiens obtiennent rapidement du feu en frottant deux morceaux de bois sec l'un contre l'autre. Chez la plupart, on trouve de rares ornements d'os, de coquilles, de dents, etc., grossièrement assemblés.

Tel est l'ensemble des renseignements recueillis par les voyageurs. Si l'on tient compte des rapports fréquents qu'ont ces sauvages avec les nations civilisées depuis que les voyages se sont

---

(1) Schiller Traduction de Charles Meaux Saint-Marc.

multipliés, c'est-à-dire depuis la découverte de
l'Amérique, et qu'on écarte tout ce qui peut tenir à des causes étrangères, on reconnaîtra que
l'homme primitif a dû ressembler beaucoup au
sauvage actuel.

Il serait au moins étrange que l'homme placé
dans les mêmes conditions ne triomphât pas
par les mêmes moyens des mêmes obstacles.
L'intelligence humaine est une ; son développement est soumis à des lois, et ces lois ne
varient pas avec le temps. Les différences
qu'on rencontre chez les sauvages tiennent aux
choses et non aux hommes ; elles dépendent en
effet de ce qu'ils trouvent sous la main, à ce
moment où l'homme est encore incapable de
faire des recherches, des observations ou des
inventions. Chez les nations civilisées, au contraire, règne la plus grande uniformité. Tout y
concourt, le commerce, les voies de communication, les voyages, l'instinct de sociabilité. Si
bien qu'une invention utile, un procédé avanta-
geux, une fois connu, est bientôt généralisé.
Cette uniformité, qui commence par l'usage des
mêmes procédés industriels, se continue plus

lentement, il est vrai, mais sûrement dans le
costume, dans la langue et dans les mœurs.

Dans cet examen, si rapide qu'il soit, nous ne
saurions passer sous silence les premières tenta-
tives des hommes dans l'art du dessin. On sait que
l'enfant essaie de dessiner bien avant qu'il écrive
et que sa main soit assurée ; or, le sauvage est
un enfant. Ne serait-il pas possible que le talent
d'imitation, en germe chez ce jeune sauvage qui
s'appelle l'enfant, fût plus développé chez le
vieux sauvage ? Ne serait-il pas possible que les
arts d'imitation, qui tiennent en quelque sorte
plus de l'instinct que de l'intelligence, pussent
se développer indépendamment de la civilisation ?
La question vaut la peine qu'on s'y arrête, et en
voici la raison : on a découvert sur des os d'animaux fossiles des dessins représentant des animaux qui n'existent plus et qui auraient vécu
en même temps que l'homme. On aurait ainsi
acquis la preuve de l'existence de l'homme à une
époque plus reculée que celle qu'on assigne or-
dinairement. Il existe également des sculptures
qui ont une importance égale à celle des dessins.
Toutefois, ces sculptures et ces dessins sont si

habilement exécutés qu'ils nous inspirent des doutes sur leur origine.

C'est sur des cailloux, des plaques d'ivoire ou d'os, ou encore sur des fragments de bois de renne nommés bâtons de commandement que se trouvent gravées les figures d'animaux divers. Les auteurs avaient un sentiment très-vif de la forme et des proportions, une sorte d'instinct qui a fait dire à M. de Mortillet que c'étaient de véritables artistes. Entre autres exemples, on peut citer le dessin très-fidèle et très-expressif d'un d'un mammouth représenté sur une plaque d'ivoire avec ses défenses recourbées, sa trompe pendante, son abondante crinière.

Il nous semble pourtant difficile d'admettre cette perfection relative sur un point avec une infériorité marquée sur tous les autres. Comment l'homme qui n'a eu d'autre matière première que la pierre et les os, d'autre abri que les grottes naturelles, d'autres vêtements que la peau des animaux, d'autre nourriture que leur chair crue, comment cet homme aurait-il pu laisser des ébauches que ne désavoueraient pas nos artistes, et qui seraient des images assez exactes de certains animaux disparus, pour qu'on admît ces images comme la preuve de l'existence de ces animaux à cette époque !

§ VIII. — L'HOMME PRIMITIF.

> ... Les premières armes furent les mains, les ongles, les dents, les pierres, les branches arrachées aux arbres des forêts. Dès que l'on connut la flamme et le feu on découvrit les propriétés du fer et de l'airain ; mais l'usage de l'airain précéda celui du fer, parce qu'il est de sa nature plus aisé à travailler et plus abondant. .
>
> LUCRÈCE.

Si l'on observe que de tous les êtres, l'homme est le moins armé pour sa défense, qu'il n'a ni la force de l'éléphant, ni l'agilité du cerf, ni la souplesse du tigre, ni l'adresse du singe ; qu'il ne possède ni les cornes du taureau, ni les défenses du sanglier, ni les dents du lion, ni les serres de l'aigle ; qu'il n'a en partage aucun des instincts de l'animal, car tous ses avantages lui viennent de son intelligence, et qu'en conséquence il les lui faut acquérir, on comprendra qu'il n'eût pu à l'origine des choses résister aux animaux et aux éléments, et que, dans sa lutte avec la nature entière, il eût succombé.

Donc l'homme a dû naître sous un ciel clément, sur un sol fertile, loin des animaux féroces, et se trouver ainsi tout naturellement abrité contre le froid, la faim et la destruction. Son premier séjour a dû être ce lieu de délices que l'Écriture désigne sous le nom de Paradis terrestre et dont la pensée se trouve dans la légende de la plupart des peuples.

Non loin de l'Euphrate et du Tigre, sur les plateaux de la Perse, les premières familles humaines vécurent de longues années dans une douce quiétude. Des fruits sauvages suffisaient à leur nourriture, car ils ne travaillaient point. La température de cette contrée leur permettait de ne pas se couvrir de vêtements. Leurs plaisirs et leurs goûts étaient simples, leurs besoins bornés. Mais le nombre des hommes augmentant, et les ressources diminuant en conséquence, ils occupèrent une plus grande étendue de pays.

Les siècles s'écoulèrent.

Autour de ce premier centre de développement, le genre humain, semblable à un arbre vigoureux, projeta ses branches et ses rameaux. Certaine familles, à leur tour, devinrent de nouveaux centres de création dont l'expansion fut tantôt favorisée, tantôt gênée par les circonstances locales. Une vaste plaine, un pays fertile, un climat tempéré, de nombreux cours d'eau peu abondants permettaient une extension facile. Au contraire, des régions montagneuses, des fleuves considérables, un sol aride, un climat rigoureux étaient autant d'obstacles qui arrêtaient, mais pour un temps seulement, le développement des populations. L'obstacle une fois franchi, le flot des peuples se répandait plus rapide et plus violent sur les nouvelles terres envahies, comme un torrent qui, longtemps arrêté dans son cours, ayant accumulé ses eaux rompt ses digues et submerge le pays.

Autour de ces nouveaux centres de création s'en formèrent d'autres de plus en plus nombreux et de plus en plus éloignés du tronc. Comme une même séve court dans l'arbre tout entier, une même source de vie circulait dans 'arbre humain. Mais bien que le même sang coulât dans l'humanité, les hommes subissaient l'influence des milieux : la température élevée d'une contrée, les frimas de l'autre, le séjour sur la montagne ou dans la vallée, au bord de la mer ou dans l'intérieur des terres, en pleine lumière ou dans les brouillards, l'humidité ou la sécheresse, la nature du sol, le mode de nourriture, etc. L'espèce humaine devint alors aussi variée que la nature elle-même, variée dans la forme et dans le fond. Il y eut des hommes de force, de taille, d'agilité, de couleurs différentes, de traits divers, des hommes d'un caractère doux ou féroce, timide ou fier, calme ou vif. Ces signes furent d'abord peu marqués, par la suite ils s'accusèrent de plus en plus, à mesure que les influences extérieures agirent pendant plus de temps. L'action du milieu était alors d'autant plus énergique que l'homme n'avait pas encore inventé les moyens de s'y soustraire. Il fut alors, sinon écrasé au moins dompté par l'ensemble des circonstances qui constituaient le milieu dans lequel il vivait. Telle est l'origine des races diverses qui peuplent le monde.

L'espèce humaine, se répandant sur le globe, se dirigea d'un côté, à travers l'Arabie et l'Inde, vers la Chine et l'Amérique, pendant que d'un autre côté elle s'avançait dans l'Afrique et l'Europe. Les branches et les rameaux couvrirent la terre comme un réseau, et s'entremêlèrent. Des cataclysmes terrestres purent isoler certains groupes et donner lieu à d'apparentes anomalies; mais, en général, il y eut un fonds commun chez toutes les nations, une manière d'agir analogue, des procédés semblables, qui ne différaient qu'autant que différaient les conditions et les circonstances.

C'est alors que s'écoula cette longue période dite de l'*âge de pierre*, qui commence à l'origine des choses et dont il nous reste les rares débris que nous avons passés en revue. Longtemps l'homme vécut n'ayant d'autre instrument que ses mains ou la branche, le bâton arraché à l'arbre. Puis il trouva, sans le chercher, sur son chemin, le caillou, sa première arme et son premier outil. Il en frappa les animaux et se nourrit alors de leur chair crue. Il était plus rusé, et les animaux moins défiants.— Le chien et

les espèces qui devaient être domestiques vinrent
ensuite. Sans doute, il prit les petits, et eut ainsi
la mère. — On a d'ailleurs, par des exemples pris
chez les sauvages, la preuve de l'habileté avec
laquelle les hommes primitifs s'emparent des
buffles et même des chevaux. Un arbre, une légère élévation de terre lui sert de cachette ; il
épie l'animal pendant de longues heures, sans
impatience, et s'élance sur lui, lorsqu'il en est
peu éloigné. Un premier animal pris rend la chasse
plus facile. Les Weddahs, dans l'île de Ceylan,
ont des buffles pour la chasse. « Ces animaux sont
si bien dressés qu'ils se laissent conduire avec une
corde passée autour de leur corne. C'est la nuit
qu'on les emploie. Le buffle broute, l'homme se
tient tapi derrière, et ainsi, sans être vu, sans
éveiller de soupçon, il se jette sur sa proie. »
En maniant les pierres, l'homme apprit à connaître leurs qualités. Il sut qu'il y en avait de
plus ou moins dures, et qui étaient plus ou moins
propres à son but. Le silex fut pour lui une trou-
vaille ; cette pierre est aux autres ce que l'acier
est aux métaux. Il connut bientôt le mode de
cassure qui se prête merveilleusement, comme

21.

chacun sait, à former des bords durs et tran-
chants; à défaut de métal, on ne peut guère trouver mieux. D'abord, chacun fabriqua ses propres
outils, puis il y eut des manufactures, et c'est
alors seulement que la taille et le polissage furent
amenés à leur perfection. De cette époque datent
toutes les variétés d'armes, d'outils et d'instruments, frondes, flèches pour la chasse, haches à la
main ou emmanchées, racloirs pour la prépara-
tion des peaux, couteaux pour dépecer les animaux, grattoirs, aiguilles, etc. L'usage des vêtements, des bijoux, des ustensiles, la conquête des
espèces domestiques, les commencements de
l'agriculture, la naissance de l'art, les rudiments
du langage, sont venus à la suite. Ce fut l'époque
brillante de la civilisation du premier âge de
l'humanité.

L'espèce humaine avait successivement envahi
toute la surface du globe : la plaine et la montagne ; les îles et les continents. De proche en
proche, les hommes s'étaient répandus jusqu'aux
limites les plus reculées de la terre habitable, les
uns pressés par le besoin, les autres poursuivis
par leurs semblables.

De longs siècles s'écoulèrent... La Terre, qui ne présente pas partout les mêmes paysages, n'offre pas non plus dans son sein les mêmes minéraux. Les métaux ne se trouvent pas sur tous les points du globe ; les gisements ne sont pas également abondants, ni le minerai d'une exploitation également facile. Dans les contrées favorisées, où le ciel était clément, le sol riche et fertile, les minéraux abondants et variés, l'homme put lutter avec succès contre les obstacles naturels. Il se créa de nouveaux besoins, et en même temps de nouvelles ressources. La civilisation continua donc à se développer ; elle prit seulement des caractères différents selon le pays, et se manifesta successivement dans l'Inde, la Chine, l'Égypte, la Grèce, l'Italie, etc.

Les rapports de peuple à peuple devinrent plus fréquents, à mesure que les moyens de communication furent de plus en plus et nombreux et faciles. Un jour, les membres de la famille humaine, partis du même point et ayant parcouru la terre dans des sens différents, se sont enfin retrouvés face à face, les uns améliorés, les autres dégénérés. Les premiers traversant le globe

en maîtres, armés contre la faim, le froid, les
intempéries, envahissant tous les points du
globe, les autres immobilisés dans leurs can-
tonnements, achetant une existence précaire au
prix d'une lutte incessante contre les animaux et
les éléments.

Aujourd'hui, les conditions de la vie ne sont
plus les mêmes qu'à l'origine des choses.
L'homme a conquis son indépendance. Il emporte pour ainsi dire avec lui sa civilisation, et,
dès lors, ne ressent du milieu qu'une influence
d'autant plus légère qu'il se déplace plus fréquemment. Les générations ne restent plus fixées
sur le sol où elles ont pris naissance ; elles ne
s'élancent pas non plus en formidables invasions.
Les mélanges des nations ont lieu maintenant
d'une manière permanente, non par masses, mais
en détail. C'est par les individus que se fait l'u-
nion des peuples : elle est donc plus intime et
plus douce. Comparée à la violente fusion
opérée par les irruptions, on peut dire que c'est
l'action bienfaisante de la pluie qui par ses milliers de gouttes porte la vie aux végétaux dans

tous les points du sol substituée aux inondations désastreuses.

L'homme échappe donc au milieu, d'abord parce qu'il lutte maintenant avec avantage, ensuite parce qu'il tend à devenir cosmopolite, enfin parce que les alliances qu'il forme sont plus variées.

On peut donc prévoir la disparition des races inférieures et l'apparition d'une race offrant des qualités intermédiaires, une sorte d'alliage humain. Les caractères distinctifs n'auront pas été détruits ; ils seront seulement atténués.

Alors les espèces ennemies de l'homme auront disparu et les espèces domestiques se seront considérablement multipliées. Les forces de la nature, mieux connues, seront dirigées vers les fins de l'homme et dès lors la conquête du globe est définitivement assurée. De son intelligence seule il aura tiré toute cette puissance. Son corps était nu et sans protection, c'est son intelligence qui lui a donné des vêtements. Il ne pouvait lutter contre les animaux féroces, c'est son intelligence qui lui a fourni des armes pour les vaincre, en même temps qu'elle lui apprenait à

conquérir les animaux utiles ; c'est de son intelligence qu'il tient les abris sains et agréables où il
repose, aussi bien que les moyens rapides de
locomotion ; c'est encore à elle qu'il doit la connaissance des arts, des sciences et des lettres, et
les nobles jouissances qu'il goûte. Enfin, l'intelligence s'est repliée sur elle-même, pour étudier
sa propre essence. Ainsi rien dans l'univers
n'échappe à son examen ; non-seulement
l'homme connaît la nature, mais il se connaît
lui-même ; il scrute également les lois qui
gouvernent les mondes et celles qui dirigent sa
pensée. N'est-ce pas le lieu de dire avec Pascal :
« Toute notre dignité consiste donc en la pensée.
C'est de là qu'il faut nous relever, non de l'espace et de la durée que nous ne saurions remplir. »

NOTES COMPLÉMENTAIRES.

—————

1. Nous avons déjà eu occasion de parler des cavernes de la province d'Alger décrites par M. Paul Marès ainsi que de celles de Sainte-Reine et de Saint-Pierre près de Toul que nous avons visitées en compagnie de M. Husson. Voici maintenant le récit de notre excursion aux Eyzies.

A une heure de Périgueux, sur la ligne d'Agen, se trouve la station des Eyzies, célèbre par les découvertes qu'on y a faites de débris appartenant à ce premier âge de l'humanité qu'on nomme l'âge de pierre.

J'ai visité cette localité, il y a plusieurs

années, avec M. Jules Martin, ingénieur de la
compagnie d'Orléans, à Périgueux.

Nous avions pour guide M. Alain-Laganne, un
des hommes qui connaissent le mieux la localité.
M. Alain-Laganne a été pendant plusieurs années
le collaborateur modeste et dévoué de MM. Lartet
et Chrysti, qui ont fourni de si précieux renseignements sur cette intéressante époque qui a
précédé la période historique. Il habite les Eyzies; il y est né; il en connaît tous les détours.

Après une visite aux diverses grottes, curieuses, les unes pour leur étendue, les autres
pour la puissance et le nombre des stalactites,
nous avons pénétré, non sans peine, dans
quelques-unes des retraites pratiquées dans le
roc et qui forment dans toute la vallée un
étage continu. Ces cavernes paraissent avoir
constitué le faîte des habitations actuelles.

Il est très-probable, en effet, qu'elles n'ont pu
être facilement accessibles qu'à l'époque où il y
avait au pied des rochers les habitations dont on
voit encore nettement la trace, et qui permettaient non-seulement aux hommes, mais aux animaux, d'y chercher un refuge plus sûr contre

les animaux sauvages et contre l'homme, le plus sauvage de tous.

Nous nous sommes ensuite dirigés vers Laugerie-Basse, longeant sur une assez grande partie de son parcours les bords de la Vezère.

La vallée de la Vezère n'est pas seulement pittoresque et riante, elle est particulièrement intéressante par ce fait qu'elle paraît avoir été habitée sans discontinuité, depuis les temps préhistoriques jusqu'à nos jours ! Aucun accident géologique ne semble avoir troublé les habitants de cette partie de la contrée. Les débris de toute nature, répondant aux divers âges, se sont accumulés, et en quelque sorte superposés comme des stratifications ou plutôt comme les divers feuillets d'un même livre.

Les constructions récentes ont pour fondations les restes d'anciennes habitations, et les grottes creusées dans le roc, à des hauteurs aujourd'hui presque inaccessibles, montrent leurs ouvertures béantes bien au-dessus des toitures des maisons actuelles.

Dans cette vallée paisible, le fleuve humain n'a point été interrompu dans son cours, et son

13

histoire est visiblement racontée par les débris laissés sur ses rives.

Au-dessous des habitations actuelles de Laugerie-Basse, comme à la grotte des Eyzies, le sol est pour ainsi dire composé de débris d'os et d'ustensiles. Que ceux qui ont encore conservé quelques doutes sur la réalité de l'âge de pierre aillent, comme nous, porter la pioche dans le sol et remuer à la pelle le silex et les ossements.

C'est là qu'un squelette fut découvert, il y a peu de temps, dans la position ordinaire donnée aux cadavres dans les sépultures anciennes.

M. Massenat, qui eut occasion de le voir, dit, « qu'il était allongé sur le côté, et tout à fait « accroupi ; la main gauche sous le pariétal « gauche, la droite sur le cou, les coudes tou- « chant à peu près les genoux, un pied rappro- « ché du bassin. Les os étaient presque en place; « il y avait eu à peine un léger tassement de « terres; mais la colonne vertébrale s'était écrasée « par l'angle d'un gros bloc et le bassin brisé. »

Cette disposition s'accorde peu avec l'hypothèse, émise par M. Massenat de la mort résultant d'un éboulement. Il est probable, au contraire,

que la grotte s'est lentement remplie comme par
une sorte d'éboulement faible, mais continu, qui
s'est effectué à travers les siècles. C'est aussi
l'opinion de M. Alain-Laganne.

Les éboulements ne sont pourtant pas rares :
au pied des rochers qui encadrent la vallée, se
trouvent d'énormes blocs dont l'origine n'est pas
douteuse. La pluie, le vent, l'hétérogénéité des
roches contribuent à la désagrégation de ces
roches, et, par suite, aux éboulements. Évidemment, M. Massenat ne veut pas parler de semblables phénomènes.

De pareils blocs, en tombant, n'auraient
pas seulement déplacé le squelette ou brisé un
des os, ils auraient broyé le tout.

(Extrait des *comptes rendus de l'Académie
des sciences*, (6 mai 1872.)

M. Broca a fait à l'occasion des troglodytes de
la Vezère une intéressante conférence reproduite
dans le compte rendu de la session tenue à Bordeaux de la *Société pour l'avancement des
sciences*.

Il a successivement examiné les restes d'animaux, les ustensiles ou objets, les crânes, etc., provenant des diverses grottes ou abris de cette localité.

Parmi les ossements d'animaux se trouvent ceux de l'éléphant antique, méridional ou primitif ; ceux du rhinocéros à narines cloisonnées, de l'ours, du lion, de la hyène des cavernes, etc. Il distingue parmi les animaux ceux qui ont disparu complétement, ceux qui ont émigré, ceux qui existent actuellement.

Parmi les objets se trouvent des ornements, tels que des colliers de dents d'animaux, des talismans, des amulettes, des haches, des couteaux surtout en nombre considérable ; des flèches de formes variées et des hameçons qui montrent que les habitants de cette vallée vivaient de la chasse et de la pêche.

L'examen des crânes a prouvé qu'il y avait là une population intelligente dont les mœurs étaient simples et qui ne fut pas anthropophage. Elle a sans doute été détruite par une subite invasion de barbares, car tout laisse croire qu'elle a disparu subitement sans qu'on puisse pourtant l'attribuer à un cataclysme naturel.

2. Il s'agit principalement de l'*elephas primigenius* ou éléphant primitif ou mammouth, du *rhinoceros tichorinus* ou rhinocéros à narines cloisonnées, de l'*ursus spelæus* ou ours des cavernes, de l'*hyæna spelæa* ou hyène des cavernes, du *felis spelæa* ou lion des cavernes, du *cervus tarandus* ou cerf renne ou simplement renne, de l'*equus fossilis* ou cheval fossile, du *bos primigenius* ou bœuf primitif, du loup, du renard, de l'éléphant dit *méridional*, de l'éléphant dit *antique*, de l'*ursus arctos* (ours brun), du *bison europæus* ou aurochs, du *megaceros hybernicus* ou grand cerf d'Irlande, l'*hippopotamus major* ou grand hippopotame, etc.

3. Après la vision de l'échelle.

« Jacob, se levant donc le matin, prit la pierre qu'il avait mise sous sa tête et l'érigea comme un monument..… »

(Verset 18, ch. XXVIII.)

Pour consacrer son alliance avec Laban « Jacob prit une pierre et en ayant dressé un monument, il dit à ses frères : apportez des pierres, et en

ayant ramassé plusieurs ensemble, ils en firent
un lieu élevé et mangèrent dessus. »

(Versets 45 et 46, ch. XXXI.)

Après le renouvellement des promesses de
Dieu à Jacob.

« Jacob dressa un monument de pierres au
même lieu où Dieu lui avait parlé.... et il appela
ce lieu Bethel, *maison de Dieu.* »

« Jacob dressa un monument de pierres sur le
sépulcre de Rachel.... »

(Versets 14, 15 et 20, Genèse, ch. xxxv.)

« Lors donc que vous aurez passé le Jourdain,
dit Moïse, vous éléverez de grandes pierres sur
le mont Hebal, selon que je vous l'ordonne aujourd'hui et vous les enduirez de chaux.

« Vous dresserez là aussi au Seigneur votre
Dieu un autel de pierres, où le fer n'aura point
touché.

De pierres brutes et non polies. »

(Versets 4, 5 et 6, ch. xxvii du Deutéronome).

« Les enfants d'Israël prirent du milieu du lit
du Jourdain douze pierres.....

« Josué prit aussi douze autres pierres au milieu du lit du Jourdain.....

« Josué mit aussi à Galgala les douze pierres qui avaient été prises au fond du Jourdain..... »

(Chap. IV du livre de Josué.)

4. Il ne paraît pas douteux qu'un grand nombre de *dolmens* aient été des monuments funéraires. Ils étaient enfouis, dit M. Alexandre Bertrand, sous les monticules artificiels nommés tumulus. Lorsque la terre qui les recouvrait a disparu, soit par suite d'éboulements dus à l'action des agents atmosphériques, soit parce qu'ils ont été détruits par la main des hommes, les pierres qui formaient en quelque sorte la charpente de l'édifice ont été mises à découvert. C'étaient donc à l'origine des tumulus ou tumulus dolmens.

Ce nom de dolmen signifie en langue celtique *table de pierre* ; c'est, en effet, dans certains cas, une sorte de table formée d'une pierre horizontale reposant sur d'autres pierres verticales qui sont comme les pieds de la table. Certains dolmens ont pu servir d'autels pour les sacrifices

sanglants et ils sont dans ce cas creusés d'une ri-
gole et légèrement inclinés pour faciliter l'écoulement du sang des victimes.

Il en existe partout, dans l'ancien et le nouveau continent. En France, on en connaît un
grand nombre disséminés sur tous les points du
pays ; nous avons vu celui de Saint-Nectaire qui
est sur une hauteur et ne paraît pas avoir été
enfoui à aucune époque.

On en trouve dans le Vivarais un assez grand
nombre. On y trouve également des tumuli et
des grottes qui sont autant de types d'habitations
ou de sépultures et dont la description a été donnée par M. Ollier. (*Comptes rendus de l'association pour l'avancement des sciences.*)

Les cavernes à ossements et les grottes sont
creusées dans un sol calcaire et s'ouvrent sur les
deux rives de l'Ardèche.

Les dolmens sont de formes variées : il en est
qui ont la forme d'un rectangle. Des pierres
brutes dressées en dessinent le contour ; une
pierre horizontale est posée dessus. La construction, on le voit, est d'une simplicité primitive et
rappelle les constructions en *dominos* faites par

les enfants. C'est en effet l'œuvre d'un peuple enfant.

Le plus souvent ces constructions sont orientées de manière que le plus long côté est dirigé de l'est à l'ouest.

Tout autour de ces dolmens se trouvent des pierres levées qui forment une ceinture. Elles sont distantes de trois mètres environ les unes des autres et à deux mètres du monument à peu près.

Dans le patois du pays, le dolmen porte le nom de *maison des fées* et les pierres disposées en cercle se nomment *pleureuses*.

Un autre type de dolmen est celui qu'on peut nommer le *tumulus-dolmen* formé de quatre pierres inclinées en sens contraire deux à deux, l'une vers l'autre, le tout recouvert d'une pierre horizontale et enfoui dans le sol.

On trouve enfin des tumuli proprement dits de formes variées, creusés dans les coteaux ou.élevés au milieu des bois.

————

5. On connaît aujourd'hui plus de cent cavernes ou stations de l'âge de pierre qui toutes

13.

ont fourni des documents pour servir à l'histoire de l'homme primitif. M. de Mortillet, dont les opinions font autorité en pareille matière, après avoir examiné attentivement tous les débris, a cru pouvoir établir une classification chronologique des cavernes, fondée sur la forme ou la nature des objets. Il y aurait d'après ce savant quatre époques avant la période de la pierre polie, désignées sous les noms *d'époques* de Mousliers, de Solutré, d'Aurignac et de la Madeleine.

V

DE LA FORCE VITALE

I

La force vitale est-elle une entité, est-elle confondue avec l'âme, est-elle la résultante des fonctions des organes ou plus exactement des fonctions des éléments organiques ? Telles sont les diverses questions qui s'agitent entre les médecins, les physiologistes et les philosophes, et que les récentes découvertes scientifiques semblent rajeunir en fournissant de nouvelles armes aux combattants des divers camps.

D'un côté, un savant illustre, M. Claude Bernard, s'exprime ainsi : « Lorsque nous observons la manifestation des phénomènes vitaux dans l'*ensemble* d'un animal, nous ne savons pas d'abord à quoi les attribuer, leur cause nous échappe complétement. C'est ainsi que, n'apercevant pas leur explication dans les forces qui nous sont connues, nous sommes conduits à supposer une force spéciale et distincte, la force vitale, qui est chargée d'en rendre compte.

« Mais la force vitale comprise dans ce sens n'est qu'une hypothèse dont l'insuffisance nous apparaît bientôt, lorsqu'on suit les résultats de l'analyse physiologique. Cette analyse nous montre, en effet, comme nous venons de le dire, que les phénomènes manifestés par un être vivant, par un animal, sont la conséquence des propriétés des éléments organiques qui les constituent, que les fonctions vitales résident en réalité dans ces éléments organiques et non dans l'ensemble de l'être. La question se déplace donc ; ce n'est plus à l'être complexe tout entier, siége d'une force vitale imaginaire, qu'il faut nous adresser ; ce sont les éléments anatomiques qui doivent contenir la cause des phénomènes de la vie [1]. »

1. *Revue des cours scientifiques*, n° 10.

M. Milne-Edwards, nous dit à son tour :
« .... Il est facile de constater, expéri-
mentalement, que chez quelques-uns des animaux inférieurs, chacune des parties constitutives de l'économie est d'une vitalité qui lui est
propre et qui est indépendante de l'existence de
l'ensemble de l'être; dans ce cas, la puissance
vitale de l'individu est évidemment la somme
des forces particulières appartenant à ces divers
éléments matériels de l'organisme. Celui-ci peut
être comparé à une sorte d'association formée
par un nombre considérable d'ouvriers qui ont
chacun une certaine puissance productive, mais
dont *le travail est coordonné de façon à donner
par son ensemble un certain résultat déterminé.*
Pour les animaux supérieurs, il en est encore de
même : la vie de l'individu est la somme d'une
multitude de vies appartenant chacune en propre
à l'un des éléments de l'organisme [1]. »

Cependant le savant professeur remarque que,
lorsque les organes sont semblables, ils peuvent
vivre isolés aussi bien que réunis; mais que,

---

1. *Rapports sur les progrès récents des sciences zoologiques
en France*, chez Hachette.

dans le cas contraire, ils sont dans une dépendance mutuelle, qui limite singulièrement si elle
n'annule pas leur vie individuelle lorsqu'ils sont
séparés. La solidarité devient même si grande
chez les animaux supérieurs, qu'il n'y a de vie
propre qu'autant qu'il y a vie en commun. Il en
est alors du corps de l'animal comme d'une horloge, dans laquelle les diverses pièces, ressorts,
rouages, balancier, etc., ne fonctionnent qu'autant qu'elles sont réunies.

« La vie propre des éléments organisés, ajoute-
t-il, devient alors très-difficile à constater ; elle
échappe à l'observation superficielle, et, au premier abord, *la puissance motrice*, qui anime
toutes les parties de la machine animée, *semble
être unique et indivisible*. »

De son côté, M. Paul Bert, qui occupe digne-
ment une des chaires de l'enseignement supérieur, avoue que la force vitale, une hypothèse
selon lui, reprend toute sa séduction lorsqu'on
observe l'apparente unité de la vie chez les animaux supérieurs, ou lorsqu'on suit le développement d'un être vivant, les modifications de sa
forme extérieure, celles de sa structure anato-

mique, depuis le moment où ses premiers linéa-
ments apparaissent dans l'œuf ou dans le grain
jusqu'à sa mort. « Quoi qu'on fasse, ajoute-t-il,
l'idée d'un principe coordinateur et directeur
s'impose à l'esprit... » Principe unique qui maintient le mouvement vital, et fixe à l'avance aux
molécules de l'œuf la place qu'elles prendront
plus tard [1].

Si ce n'est pas là un aveu arraché par la force
des choses, c'est au moins la marque d'un doute
et d'une inconséquence ; nous en prenons acte
en passant, comme de cet autre aveu de M. Milne-
Edwards que, chez les animaux supérieurs, « il
n'y a de vie propre qu'autant qu'il y a vie en
commun (des organes). »

Nous nous arrêtons là, et nous n'ajouterons
pas l'opinion de M. Vulpian, de la Faculté de
médecine, sur le même sujet, parce qu'il cite à
l'appui de son opinion un certain nombre de
faits dont l'explication ne nécessite pas l'intervention de la force vitale où semble même en
rendre l'existence inadmissible, faits dont nous

---

1. *Revue des cours*, p. 304.

aurons à apprécier l'importance en même temps que nous estimerons la justesse des déductions tirées.

Tandis que les physiologistes placent au même rang la force vitale et les archées de Van Helmont, MM. Lordat, Jaumes, etc., de l'école de Montpellier, M. P. Em. Chauffard, de l'Académie de médecine, non-seulement admettent l'existence de la force vitale, mais la distinguent de l'âme.

Dans un remarquable article de la *Revue Contemporaine* publié il y a quelques années, M. le docteur René Briau résumait et appréciait les diverses opinions écrites sur cette même question.

Enfin, dans ces derniers temps, M. Francisque Bouillier s'est constitué le défenseur courageux et énergique de l'unité du principe vital et de l'âme pensante, dans un ouvrage remarquable [1].

Avant de chercher à séparer la force vitale de l'âme, avant d'établir l'autonomie de chacune de

---

1. *Du principe vital et de l'Ame pensante.* Un vol. in-8°, chez J.-Baillière.

ces forces, il convient tout naturellement de bien constater leur existence. C'est ce que nous allons tenter en ce qui concerne la force vitale seulement, car pour ce qui est de l'âme, il ne sera question que de la distinguer de la force vitale ou de l'identifier à cette force et non de prouver qu'elle existe.

Quels sont les phénomènes caractéristiques de la vie? S'expliquent-ils par le jeu des forces physico-chimiques ou exigent-ils l'intervention d'une force spéciale? D'autre part, les phénomènes vitaux diffèrent-ils des manifestations de l'âme à ce point qu'on ne puisse les attribuer les uns et les autres à une cause unique? Telles sont les questions auxquelles nous allons essayer de répondre.

Or ce qui caractérise la vie, c'est d'abord la réalisation d'un type déterminé, végétal ou animal, et partant la constance de la forme, non-seulement pendant le développement de l'individu, mais même après ce développement et dans tout le cours de la vie. Ainsi, chaque plante, chaque animal a une forme propre, dans son ensemble, aussi bien que dans ses détails.

C'est cette forme qui permet au naturaliste de
le reconnaître et de le classer. On la retrouve
dans la racine, la tige, les feuilles, les fleurs et
les fruits du végétal, aussi bien que dans le
dessin général, dans la taille et dans le port.
Le chêne se distingue du hêtre au premier
coup d'œil par l'impression de l'ensemble, puis
la distinction se continue et devient plus complète lorsqu'on compare chacune à chacune,
les diverses parties, de ces deux arbres. Pour
l'animal, on observe les mêmes caractères
spécifiques dans les os ou les diverses parties
du système nerveux, dans les globules sanguins,
qu'il s'agisse de leur forme ou de la grandeur, etc.

 ' Cette constance dans la forme est surtout
surprenante lorsqu'on remarque qu'elle se
maintient pendant le renouvellement incessant
de la matière qui constitue le corps.

 Pendant toute la durée de la vie, des matériaux nouveaux sont introduits dans le corps de
l'animal ou du végétal ; d'autres matériaux,
temporairement usés, sont rejetés au dehors.
Pour un temps, la matière minérale, la matière

brute est soumise à une direction déterminée. Avant son séjour dans le corps, elle est en quelque sorte libre, obéissant aux forces physico-chimiques, à l'attraction, à l'affinité ; à peine fait-elle partie du corps qu'elle est entraînée dans le mouvement qui y règne. Elle n'obéit pas moins aux forces précédentes, mais elle agit sous l'influence dominante d'une force nouvelle.

Les combinaisons diverses auxquelles elle prend part s'accomplissent toujours sous l'influence des lois qui gouvernent la matière brute, mais en vue d'un but déterminé, l'entretien et le développement du corps.

Ce travail qui constitue la vie, qui règle la forme et le développement de l'animal ou du végétal, n'a qu'une durée limitée, et c'est encore là un de ses caractères distinctifs. Cette durée est d'ailleurs variable selon les espèces, et se trouve en harmonie avec celle du développement ; comme dans les choses humaines, ce qui a été édifié avec lenteur est lentement détruit.

Enfin, ajoutons que la force vitale n'est pas

une force adaptée à un mécanisme déjà construit, comme l'est la vapeur à la locomotive. Elle
préexiste au mécanisme, elle le crée aussi bien
qu'elle le conserve, elle n'est pas dans la graine ni
dans l'ovule, ni dans les corpuscules dont ils sont
formés; elle est déjà dans le corps qui a produit
ces organes élémentaires, dans l'arbre ou dans
la mère. En un mot, la vie naît de la vie, un
corps vivant est une source de vie, c'est un
flambeau une première fois allumé, puis incessamment transmis à travers les générations. De
sorte que chaque être vivant n'est, pour ainsi
parler, que la condition, le lieu de la vie.

« C'est de lui-même, de sa force propre que
le germe végétal tire son pouvoir de développement sous certaines conditions de chaleur,
de lumière et d'humidité. Quelque importantes
que soient ces conditions, elles n'engendrent ni
ne produisent directement la germination,
l'accroissement, la floraison du végétal. Ces actes
essentiels de sa vie, c'est le végétal lui-même
qui les conçoit et les accomplit; il rencontre
dans le monde extérieur où il les puise des
éléments favorables ou hostiles à sa fin; mais

la raison même de son développement reste tout intérieure, elle lui appartient, elle est le principe de son être et de toutes ses manifestations.

« L'animal présente d'abord cette spontanéité de formation et d'accroissement qui se rapporte à la vie de nutrition commune au règne végétal et au règne animal. En outre, il possède la vie de la sensibilité organique, celle des instincts affectifs et raisonnés, etc. Il tire tout de soi, ses produits organiques aussi bien que ses actes et toutes ses déterminations [1]. »

Si ces diverses manifestations de la vie ne suffisent pas à la caractériser, on pourrait encore en ajouter d'autres. Par exemple, tandis qu'un nombre limité de corps seulement font partie du monde organique, que les combinaisons qu'ils y forment diffèrent des autres combinaisons en ce qu'elles sont plus complexes et plus nombreuses, tout en renfermant un petit nombre d'éléments, le monde inorganique, au contraire, comprend tous les corps sans exception, et les combinaisons

1. *De la spontanéité et de la spécificité des maladies*, par P. Em. Chauffard, etc. Un vol. in-18, chez Germer-Baillière, lib.-édit.

que l'on y rencontre ont un caractère particulier
de simplicité et d'analogie. Enfin, le minéral est
une masse homogène qui peut prendre les trois
états, solide, liquide et gazeux, sans changer de
nature, sans cesser d'être le même minéral, pouvant revivre sous l'un quelconque de ces trois
états à l'aide de certaines conditions, tandis que
l'être vivant est essentiellement hétérogène, formé de substances les unes solides, les autres
liquides, les autres gazeuses, chacune ne pouvant changer d'état sans entraîner la disparition
même de la vie.

Mais lorsqu'on n'admet pas que ces caractères
suffisent à distinguer la force vitale des autres
forces, c'est qu'on ne veut pas distinguer diverses essences de forces, mais les confondre
toutes sous la dénomination générale de *force*.
Si l'on admet une distinction entre l'attraction
et l'affinité, ou si, d'une manière générale, on
distingue les causes par leurs effets propres, on
est fatalement entraîné à admettre autant de
forces distinctes que de groupes d'effets distincts.

De plus, si une force unique gouverne la matière, pourquoi toutes les combinaisons n'ont-elles pas toujours lieu entre tous les corps, quel qu'en soit le nombre, quel qu'en soit le poids? Pourquoi n'y a-t-il pas le désordre au lieu de l'harmonie? Pourquoi y a-t-il des lois? Déjà, dans le monde minéral, on observe que les corps ne se combinent pas au hasard ; ils semblent céder à de mystérieuses sympathies lorsqu'ils s'associent; un corps ne s'unit pas avec un autre corps quel qu'il soit. Au contraire, il semble choisir. Le choix une fois fait, les proportions de chacun des éléments de la combinaison sont loin d'être arbitraires. Ainsi, non-seulement la qualité, mais encore la quantité de ces éléments influent dans l'acte de la combinaison. Le nombre des combinaisons que forment deux mêmes corps est également limité. En somme, on peut observer dans l'affinité, tout à la fois une part de conditionnel et d'électif, en même temps que de fatal et de nécessaire. Une sorte de liberté maintenue par des lois.

Dans le règne animal, on est également frappé de l'étonnante variété des manifestations de la vie, laquelle montre dans la force vitale une véritable individualité. Les êtres les plus variés prennent naissance sous le souffle d'une force unique qui anime des matériaux identiques. En même temps, on n'est pas moins surpris de voir la diversité des moyens employés dans l'acte de la reproduction, c'est-à-dire dans la transmission de la vie. Tantôt l'animal se divise en plusieurs parties pour donner naissance à autant de reje- tons ; tantôt il porte des bourgeons qui se déve- loppent et restent adhérents au tronc ou s'en dé- tachent ; tantôt il émet des œufs fécondés de di- verses manières.

Enfin, les divers organes varient, même lors- qu'ils doivent remplir des fonctions analogues ; c'est ainsi que les habitants des eaux ont pour la respiration un appareil spécial approprié au milieu dans lequel ils vivent ; d'autre part les insectes qui, comme nous, vivent dans l'air, ont néanmoins un appareil tout différent du nôtre. Nous pourrions multiplier ces exemples.

Plus nous examinons les actes de la vie et plus aussi elle nous apparaît comme une manifesta- tion tout à fait particulière. On me dira peut-être que les conditions dans lesquelles se produit la vie en déterminent le mode et les variations ; il reste donc à savoir ce qui fait naître ces conditions et ce qui fait varier leur manière d'agir vis-à-vis de la matière. La question se trouve simplement déplacée.

Les physiologistes ne nient pas les faits que nous venons d'exposer. Mais, disent-ils, ces phénomènes sont la conséquence des propriétés des éléments organiques ; les fonctions vitales résident en réalité dans ces éléments et non dans l'ensemble de l'être (Cl. Bernard). Nous sommes loin de nier qu'il y ait une vitalité propre des organes et même des éléments organiques, des cellules, des fibres, des granulations, de la molécule organique en un mot ; cela n'est pas douteux. Dans le sang, par exemple, c'est le globule sanguin qui est l'élément vital, c'est lui qui agit pendant la respiration, qui détermine les combinaisons chimiques qui s'accomplissent pendant cet acte, et d'où résultent les modifications du sang et la chaleur animale. C'est la fibrille musculaire qui est contractile, aussi bien que la totalité du muscle, et elle l'est même dans ses moindres parties. On en pourrait dire autant des

éléments nerveux, fibres ou cellules, etc. C'est
cette vie des éléments organiques qu'on peut
appeler la vie locale, qu'il ne faut pas confondre
avec la vie de l'ensemble, c'est-à-dire la coordi-
nation de tous ces travaux élémentaires, la direction imprimée en vue d'un résultat déterminé.
Car comment expliquer cette association des organes, ces travaux isolés et pourtant assemblés
dans un but unique ? Que dirait-on d'ouvriers
faisant chacun une partie de machine, et se trouvant précisément réunis sans s'être concertés,
de manière que les diverses pièces de la machine
construite par eux s'adaptassent d'elles-mêmes
sans qu'il y eût un ajusteur pour faire le dernier
travail ou un ingénieur pour l'ordonner ?

Nous ne voulons pas supposer un instant dans
les organes une conscience plus ou moins confuse
de leurs actes, et une sorte de volonté à s'asso-
cier en vue d'un but déterminé. Ce serait une
force vitale plus complexe.

Comment la force vitale pourrait-elle être la
résultante de l'activité vitale des divers organes,
puisqu'elle existe dans le germe avant les organes
eux-mêmes ? Nous l'avons dit, c'est elle qui crée

les organes, loin de leur devoir son existence.
A partir de la création d'un être et pendant toute
la durée de l'évolution de l'œuf, on voit dans le
travail qui s'accomplit, dans les transformations
qui s'opèrent, dans le développement qui se
poursuit la marque d'une loi qui préexiste en
vertu d'une pensée antérieure à cet être. Lorsqu'un édifice s'élève, personne ne doute qu'une
pensée ne l'ait conçu et en ait dirigé l'exécution,
mais combien l'idée de plan et de vue préconçue
s'impose bien autrement lorsqu'on observe la
vie ! Dans le germe de l'être vivant, dans cet
ovule microscopique qui vient d'être fécondé, et
où l'on ne distingue que quelques granulations,
la force vitale s'est établie pour y exercer sa
mystérieuse et merveilleuse action. Rien ne
saurait faire soupçonner alors les futures des-
tinées de cet atome vivant dont l'origine, en apparence si modeste, semble si peu en rapport
avec l'être dans lequel il se métamorphosera.
Mais déjà les éléments minéraux se rassemblent,
se disposent avec ordre sous son inspiration.
Bientôt apparaît l'ébauche de l'être ; en quelques
traits, ainsi qu'un artiste, la force a fixé le contour

du corps et des organes. On ne distingue encore
rien dans cette masse composée de cellules, et
que nos yeux aidés d'instruments nous montrent
homogène, tandis qu'en réalité un dessin invisible y est déjà tracé. Ainsi que le paysage
enveloppé par les brouillards du matin se
découvre à mesure que le soleil s'élève et dissipe
les vapeurs, de même du sein de cette masse
confuse se dégage tout l'appareil de la vie.
Chaque organe, chaque tissu a d'avance sa place
marquée où il naît en quelque sorte avec sa
forme, sa grandeur, sa structure et ses propriétés;
les vaisseaux, les nerfs, les muscles, les os sur-
gissent comme par enchantement. On dirait le
monde naissant s'éveillant du sein du chaos.

La force vitale poursuit son œuvre au delà, et,
après avoir donné naissance à l'être, elle le conserve et assure son développement. Dans un
liquide unique, le sang, qui baigne le corps tout
entier jusque dans ses replis les plus cachés,
chaque organe va puiser les éléments dont il se
nourrit et ceux-là seuls. Au sein de ce mélange
de substances diverses que contient le sang et
auxquelles il sert de véhicule, les tissus, sem-

blables à des êtres conscients, non-seulement choisissent et s'approprient celles dont ils doivent se former, mais ils les associent dans la proportion nécessaire.

M. Vulpian prétend que si le principe vital existe, il est réparti dans toute l'étendue de l'animal, ou bien, au contraire, qu'il est cantonné dans une région particulière du corps. Nous n'admettons pas ce genre d'argumentation, parce que nous ne savons pas ce que c'est que la force vitale et de quelle manière elle agit. M. Vulpian admet sans doute le courant électrique, et pourtant dirait-il où il siége ? si c'est dans la pile, dans le conducteur, dans les acides ou dans l'ensemble ?

M. Vulpian formule la proposition ci-dessus à propos de l'expérience de Trembley ; cette expérience consiste, on le sait, à partager un polype en un nombre quelconque de parties pour constater, non-seulement que l'animal ne meurt pas, mais même qu'il revit tout entier dans chacun de ses fragments. Chaque partie se complète et devient un nouveau polype semblable au polype

14.

primitif. Que conclure de là, sinon que chaque atome du polype possède en puissance la force vitale ? En quoi est-il moins étrange de voir un tœnia, hermaphrodite dans chacun de ses anneaux, donner lieu, par un seul de ses anneaux, à une chaîne constituant une sorte de tœnia composé ? D'ailleurs, la force vitale dans ces organismes élémentaires est bien la somme des activités locales de toutes les parties du corps de l'animal ; toutes ces parties sont en effet identiques. Lorque les organes sont semblables, nous l'avons dit plus haut, ils peuvent vivre isolés aussi bien que réunis. L'animal entier peut être regardé comme composé d'un groupe d'individus identiques pouvant vivre isolés aussi bien que réunis.

Laissons là l'expérience de Trembley ; interrogeons des organisations de beaucoup supérieures à celles des polypes. On sait, par exemple, que la queue du lézard, lorsqu'elle est détachée de l'animal, continue à s'agiter, mais pour un certain temps seulement. Il semble qu'elle ait conservé comme un écho de la vie répandue dans le corps entier. Néanmoins, ces symptômes de vitalité disparaissent bientôt, tandis que l'animal continue à vivre.

Passons maintenant à une observation que nous devons à M. Vulpian lui-même. La queue d'un têtard de grenouille, séparée du corps de l'animal, alors que tous les éléments anatomiques sont encore à l'état d'ébauche, alors que la forme définitive est loin d'être encore dessinée, se développe régulièrement *pendant un certain temps*, et lorsque le développement s'arrête, il est aussi avancé que dans la queue non coupée des têtards du même âge. Oui, mais le développement s'arrête, il n'a lieu que pendant un certain temps, et c'est là le fait important. La vie locale, limitée dans son activité, dans sa durée, dès que le membre est détaché, n'est-ce pas une preuve de l'action de l'ensemble ? Cet ouvrier obscur, qui continue son œuvre isolément comme s'il était mû par une sorte d'instinct, s'arrêtant bientôt parce que ses rapports avec les autres ouvriers de l'association sont suspendus, n'est-ce pas tout à la fois la preuve d'une vie locale en quelque sorte fatale et instinctive et d'une vie générale directrice ?

Le phénomène bien connu, signalé pour la

première fois par Bonnet, de la reproduction
de la patte chez la salamandre, est un fait qu'on
peut rapprocher du précédent. On coupe les
doigts ou la patte avec une portion plus ou moins
grande du membre, et la patte ou le membre
sont reproduits en entier avec toutes leurs parties;
c'est un membre ou une portion de membre
complétement neuf. Mais si l'on vient à détacher
le membre à partir de l'épaule, la renaissance
n'a plus lieu. Ainsi la force de reproduction est
limitée, elle reproduit les parties du membre, elle
les reproduit un nombre quelconque de fois,
mais elle ne reproduit pas le membre entier.

Citons encore, d'après M. Vulpian, l'expérience de M. Ollier. Vous transplantez un lambeau de périoste, — c'est ainsi qu'on nomme
une sorte de membrane en contact intime avec
les os et qui les engendre : — au lieu où il se
trouve transplanté se produit une ossification véritable avec tous ses caractères. Ce que M. Vulpian n'ajoute pas, c'est que l'ossification, une
fois produite, se détruit d'elle-même, et que l'os
se transforme en un tissu analogue à ceux avec
lesquels il est en contact. Il semble que le pé-

rioste conserve pendant un certain temps, d'ailleurs assez court, sa force de génération, puis qu'il la perd lorsque son activité devient en quelque sorte improductive. Dès lors que signifient ces exclamations de M. Vulpian : « Où est le but utile de cette ossification? N'eût-il pas mieux valu, pour le bien de l'individu, que ce lambeau transplanté disparût? » — On pourrait demander à qui s'adresse cette question, mais le reproche est non avenu, puisque le travail du périoste ne se continue que pendant un certain temps, comme si la membrane avait une vitesse acquise qui persiste un certain temps après le déplacement.

L'habile observateur ajoute encore : « Vous transplantez un nerf. Il se régénère après s'être altéré, et il reprend *sans aucun doute* sa neurilité. » Voilà, ce nous semble, une expression malheureuse, on se demande si c'est une affirmation. Ce *sans aucun doute* en inspire au lecteur. On dira peut-être qu'il y a bien des exemples de transplantation : par exemple, la greffe de l'ergot d'un coq dans la crète de cet animal ou d'un autre de la même espèce; celle de la queue

ou de la patte d'un rat sous la peau d'un autre
rat ; pourquoi ces transplantations réussissent-
elles ? Il s'agit de savoir dans quelle mesure cela
réussit! Et pourquoi, disons-nous à notre tour,
les greffes ne réussissent-elles pas, quelle que
soit la partie greffée et quel que soit l'animal
qui sert de milieu ? Toute matière vivante n'est-
elle pas un lieu propre au développement d'un
être vivant ou d'un organe vivant ? Pourquoi
l'ergot d'un coq ne peut-il être greffé sur le corps
d'un rat ou la patte du chat sur le corps du coq ?
C'est que tout n'est pas fatal, nécessaire, aveugle,
dans les actes de la vie organique, ainsi que l'af-
firme avec plus d'énergie que de raison M. Vulpian. Il y a une part à faire à la vie locale et
une autre à la vie générale et directrice.

En résumé l'expérience montre très-claire-
ment que s'il existe une vie locale, une vie
propre aux éléments organiques, nécessaire à la
vie générale, on ne saurait néanmoins la confondre avec cette dernière. Il y a entre ces deux
sortes d'activité la différence qui existe entre
les mains qui exécutent un travail et la pensée
qui les conduit, entre les ouvriers qui font cha-

cun une besogne et le chef qui les dirige. Du
moment qu'un corps renferme des organes distincts, la vie locale isolée devient impossible.
L'animal dont on a séparé les organes n'existe
pas plus que l'horloge dont les rouages sont
dispersés, et si quelques organes continuent
encore à vivre, c'est pour un temps très-court,
comme des rouages qui possèdent un reste de
mouvement. Les organes une fois séparés ne
fonctionnent pas de nouveau lorsqu'ils sont rapprochés, pas plus que les pièces de l'horloge
rassemblées ne se mettront en mouvement si
l'on ne remonte pas l'appareil. La vie particulière de chaque élément organique n'est pas une
partie de la vie générale, ce sont choses soli-
daires mais absolument distinctes. Il y a un élément coordinateur et directeur qui s'impose à
l'esprit. Cet élément, c'est la force vitale.

Ce qui nous frappe particulièrement dans les
assertions des savants qui nient la force vitale,
c'est l'énergie avec laquelle ils les expriment
et le peu de faits ou d'expériences dont ils les
étayent. Nous venons de voir M. Vulpian parler
de l'activité propre du périoste et oublier de

nous dire qu'elle ne persiste pas au delà d'une certaine limite, puis conclure prématurément que, dans la vie organique, tout est fatal, nécessaire, aveugle. Ainsi, d'une part, des expériences incomplètes ou insuffisantes, de l'autre des affirmations audacieuses, des conclusions qui dépassent la portée de l'expérience.

M. Wirchow n'est pas moins affirmatif sans être pour cela plus fondé dans ses affirmations. « La cellule vivante, dit-il, n'est donc qu'une partie existant par elle-même, dans laquelle des substances chimiques communes, douées de leurs propriétés ordinaires, sont disposées d'une manière particulière, et prennent une activité conforme à cette disposition et à ces propriétés. Cette activité ne peut être qu'une activité mécanique. C'est en vain qu'on s'efforce de trouver une opposition entre la mécanique et la vie; l'expérience nous conduit toujours à la même conclusion : la vie n'est qu'un genre particulier de mouvement de substances déterminées, qui se mettent en activité par une nécessité intérieure, lorsqu'elles subissent une excitation, une *impulsion*. » Que signifient ces mots : « des sub-

tances chimiques *disposées d'une manière par-*
ticulière et qui prennent une activité, etc. ? »
Comment! ces substances sont douées de leurs
propriétés ordinaires et elles ne se conduisent
pas comme à l'ordinaire? Mais alors ce changement dans la manière d'agir a une cause? Autrement, comment expliquer que, sans changer de
propriétés, elles prennent ou ne prennent pas
une disposition particulière? Le caprice et le
hasard n'ont que faire ici. La vie n'est pas un
accident. Voilà une disposition particulière prise
on ne sait pourquoi et en vertu de laquelle les
substances prennent une activité conforme, etc.
Autant accorder la conscience à la cellule et à la
substance en général, « *Cette activité ne peut*
être qu'une activité mécanique. » Où sont les
expériences qui justifient cette affirmation? On
pourrait croire que M. Wirchow veut en imposer
en lançant avec solennité ces sortes d'apho-
rismes.

M. Wirchow n'a pas plus raison que M. Vulpian.

Nous pouvons conclure, maintenant, que les
êtres vivants se distinguent des corps bruts par

leur forme caractéristique, invariable et d'une grandeur limitée, par leur mode de développement d'une durée déterminée, et leur naissance au sein d'une matière déjà vivante.

Que, dès lors, les phénomènes de la vie, distincts de ceux de la matière inorganique d'une manière aussi tranchée, doivent être attribués à une cause particulière et distincte des forces physico-chimiques.

Cette cause est la force vitale, principe créateur, coordinateur et directeur des actes vitaux.

II

Abordons maintenant la seconde partie du sujet. L'âme se confond-elle avec la force vitale? est-elle tout à la fois la cause des phénomènes de la vie et de ceux de la conscience ? Agit-elle sur l'estomac, le foie, le pancréas, etc., pour produire la digestion, de même que sur le cerveau pour y faire naître les idées ?

Si les répugnances instinctives qu'on éprouve pour une hypothèse pouvaient être regardées comme des arguments contre la vérité de cette hypothèse, assurément, elles sont ici très-vives ;

comment se faire à cette pensée que les actes
de la vie organique soient comparables et assi-
milables aux manifestations de la vie intellec-
tuelle et morale ? Il est bien moins surprenant
d'entendre un matérialiste affirmer que le cerveau sécrète la pensée, qu'un spiritualiste confondre des phénomènes d'ordre si différents,
en les attribuant à une cause unique. Les
physiologistes mêmes ne disent plus que le cerveau sécrète la pensée. M. Cl. Bernard, avec la
hauteur de vues qui lui est familière, rejette
cette étrange expression.

Le cerveau, dit-il, est un mécanisme conçu et
organisé de façon à manifester les phénomènes
intellectuels, par l'ensemble d'un certain nombre
de conditions. Il est le milieu où se produisent ces
phénomènes, comme une horloge est celui où
apparaissent les heures, les minutes et les secondes. Cependant on ne se croirait pas obligé,
pour cela, de conclure que la cause de la division
du temps, manifestée par l'horloge, réside dans
les propriétés du cuivre ou de la matière qui
constitue les aiguilles ou les rouages.

Mais les répugnances ne doivent pas plus

compter que la violence des expressions et les injures parmi les arguments. Les personnalités, les accusations de matérialisme ou d'immoralité ne sauraient être admises comme procédés de discussion ; c'est la ressource de ceux qui n'ont pas de raisons à mettre en avant. Il s'agit de la recherche de la vérité ; l'existence de Dieu, celle de l'âme ne relèvent pas précisément d'une découverte déterminée ou d'une expérience particulière dont les résultats peuvent d'ailleurs être contestés.

Ajoutons qu'on rencontre tant de nuances diverses dans une même opinion, — même en dehors de la politique, — que les accusations de matérialisme ou d'athéisme n'ont plus de valeur en admettant qu'elles dussent en avoir une, tellement ces dénominations sont devenues vagues et ont été détournées de leur sens primitif. Croyez ou ne croyez point, cela est affaire à vous, mais non à la science, qui est ce qu'elle est et non ce que vous la faites, et qui, si elle vient de Dieu, ne saurait lui être hostile sans cesser d'être la vraie science.

Examinons donc sans parti pris, sans idées

préconçues, la valeur des arguments favorables
ou non à la thèse que nous croyons vraie, à savoir
la séparation de l'âme et de la force vitale.
M. Bouillier a raison de dire que l'âme est une
force ; cela n'est pas douteux. Nous dirons encore avec lui qu'on ne doit pas, pour arriver à la
connaître, employer les procédés en usage dans
les sciences expérimentales, c'est-à-dire prendre
pour point de départ l'observation de phénomènes connus afin de remonter à leur cause inconnue. Ce procédé ne saurait être appliqué ni à
l'âme ni à Dieu. Nous avons de l'âme et de Dieu
une sorte de vue intérieure très-nette. Ceux qui
ne l'ont pas ont recours pour asseoir leurs
croyances à des preuves de l'existence de Dieu,
du moins à ce qu'on est convenu d'appeler ainsi.
On pourrait emprunter aux mathématiciens un
terme de leur langage technique qui nous paraît
convenir mieux que le mot *preuve* pour l'objet
dont il s'agit. Lorsqu'ils ont résolu un problème
et obtenu le résultat, ils s'assurent que le résultat est exact en voyant s'il satisfait à toutes les
conditions de la question. Cela s'appelle *vérifier*
le problème. Eh bien, il nous semble que ce

qu'on nomme les preuves de l'existence de Dieu, par exemple, sont en réalité les vérifications de cette existence. C'est-à-dire que cette existence étant une sorte d'axiome de la conscience, il nous est facile de le vérifier ou de le contrôler de plusieurs manières.

Ce sont bien des preuves, si l'on veut, en prenant ce mot avec le sens qu'on lui donne dans les opérations de l'arithmétique, quand on dit preuve de l'addition, preuve de la soustraction, etc., c'est-à-dire moyen de s'assurer que l'opération une fois achevée est exacte. Or, ce n'est pas là le sens attaché à ce mot dans le cas qui nous occupe ; on l'emploie ici, ce nous semble, comme synonyme de démonstration.

Mais, dira-t-on peut-être, cette vue intérieure dont vous parlez, cette connaissance que vous puisez en vous-même est bien vague. Vague, soit, mais non indécise. Comme le sentiment, elle n'est pas délimitée, arrêtée ; elle est vive, profonde. C'est comme une couleur ou un son, quelque chose qui n'a pas de forme et de corps pour ainsi dire, mais dont l'impression ne laisse pas que d'être très-intense. Et en admettant d'ailleurs que la certitude de l'existence de Dieu, de notre âme, ou plutôt la connaissance de l'un et de l'autre soit, en effet, vague dans un certain sens, nous demanderons ce que les prétendues preuves ajoutent à cette certitude ou à cette connaissance imparfaite.

Le seul témoignage de la conscience peut donc nous instruire de l'existence de l'âme; c'est dans l'étude des phénomènes de la conscience que nous pouvons chercher des renseignements sur leur cause. Le monde extérieur peut nous échapper plus ou moins complétement par la perte d'un certain nombre de nos sens, la conscience est toujours là présente, et lorsque le monde lui échappe, elle se replie sur elle-même, elle s'observe, elle vit dans la solitude comme l'hôte silencieux d'une maison isolée, sans rapports avec le monde; la chute de la maison peut seule la chasser.

M. Bouillier l'admet ainsi et nous avec lui : Si la nature de l'âme, dit-il, n'est pas directement aperçue par la conscience, si nous ne pouvons aller des phénomènes de la conscience à leur

cause et à leur substance que par la voie de
l'induction et de l'hypothèse, la spiritualité n'est
plus qu'une conjecture plus ou moins probable,
et non une certitude. Oui, il y a là un monde à
part qui a ses phénomènes et ses lois propres et
pour lesquels il existe des procédés particuliers
d'observation. Aussi, nous ne comprenons pas
que ce soit une raison pour M. Bouillier d'identifier
l'âme et la force vitale, c'est au contraire, selon
nous, un motif d'une très-grande importance,
qui nous permet de distinguer ces deux forces.

Quels sont en effet les procédés employés dans
l'étude des phénomènes de la vie ? Ils sont tout
autres. Il n'y a pas deux opinions sur ce point ;
physiologistes ou philosophes, partisans ou adversaires de la force vitale sont d'accord. Les uns
et les autres étudient les phénomènes locaux ou
généraux et remontent des phénomènes une fois
connus à leur cause inconnue. C'est la méthode
suivie dans l'étude du monde inorganique. Les
phénomènes de la vie se passent en effet au sein
de la matière, ils sont en quelque sorte matériels;
la balance, le microscope, les réactifs peuvent
être employés pour les interpréter. Ils ne dif-

fèrent pas, en effet, dit Cl. Bernard, des phénomènes que présentent les corps bruts autrement
que par une plus grande complexité. Toutefois,
un corps vivant a quelque chose de particulier
et de spécial qui nécessite des modifications,
sinon dans les méthodes d'investigation, du moins
dans les procédés d'expérimentation. Dès lors, si
la force vitale n'est pas une abstraction inutile, si
l'on admet qu'elle existe réellement, il faut bien
inférer de l'examen des phénomènes qu'on lui
attribue sa nature et ses propriétés.

Mais alors, la méthode d'observation qui convient à la force vitale est tout à fait différente de
celle qu'on applique à l'âme, car si nous voulons
appliquer à l'âme la méthode qui seule lui convient, nous l'interrogerons, nous l'observerons
elle-même pour surprendre le secret de son
action sur les organes. Or, quelle que soit la puissance d'investigation, l'esprit d'analyse, la téna-
cité dans la poursuite et la volonté mises en
œuvre pour saisir l'action de l'âme sur la vie,
l'âme reste muette quand nous l'interrogeons et
nous ne la sentons jamais agir sur le corps, pour
en gouverner les fonctions.

15.

On comprend bien que nous ne voulons pas
nier l'action bien évidente de l'âme sur le corps
et celle non moins évidente du corps sur l'âme.
Personne ne saurait mettre en doute cette influence réciproque. Mais on ne saurait, avec
M. Bouillier, voir là l'action de l'âme sur la vie.
Qu'une émotion vive accélère ou ralentisse les
battements du cœur, c'est l'action de l'âme sur le
corps; mais que l'âme détermine les mouvements
du cœur, voilà ce que l'observation la plus attentive ne saurait faire apercevoir. La même émotion pourra troubler la digestion, c'est l'action de
l'âme sur le corps, mais on ne sent en aucune
manière que l'âme dirige le travail digestif. On en
pourrait dire autant à propos de chacun des phénomènes de la vie. Sur chacun d'eux, l'âme exerce
une influence, mais elle n'en accomplit aucun.

Rappelons encore ce fait bien connu, que,
si l'on est malade, la souffrance peut être avivée
par l'attention qu'on y porte ; elle sera, au contraire, affaiblie par les distractions. Une mau-
vaise ou une bonne nouvelle produit des effets
semblables ; la douleur ou le bien-être résultera
de l'impression produite par l'âme sur nos orga-

nes, car comment expliquer autrement l'action
exercée sur notre corps par quelque chose d'aussi
immatériel que l'annonce d'un événement ? Une
personne est dans un parfait état de santé, et
elle tombe tout à coup en syncope parce qu'elle
apprend la mort d'une personne aimée. Et ce
n'est pas un cri de désespoir, une plainte, un
mouvement qui l'avertit et l'émeut ; la lecture
d'une lettre peut suffire. Où donc est le lien entre la cause et l'effet ? C'est bien l'âme qui reçoit
la nouvelle dont le corps reçoit le contre-coup.

On comprend, par ce dernier exemple, comment il est possible de confondre les actions et
réactions réciproques de l'âme sur le corps ou de
celui-ci sur celle-là avec l'action de l'âme comme
force vitale.

Quelle différence avec les phénomènes de la
pensée ! Comme on sent l'âme agir quand elle
pense ! Comme elle peut à volonté poursuivre
une idée, analyser un fait et chercher des moyens
pour le mettre en lumière ou pour le combattre !
Comme elle sait chercher la solution d'un problème, perfectionner l'œuvre qu'elle vient de
créer, en un mot s'appliquer volontairement à

un travail pour atteindre un but déterminé ! Et
alors même que, distraite par le corps, elle vole
d'un sujet à un autre, on sent toujours son activité. Mais c'est surtout lorsqu'elle s'étudie elle-
même, lorsqu'elle cherche à se connaître, qu'on
s'aperçoit mieux encore de sa présence et de ses
efforts.

Où sa présence et son activité ne se voient pas
moins, c'est lorsqu'une vive préoccupation ou un
remords la poursuit. Où fuira-t-elle pour y
échapper ? Laissera-t-elle là le monde et cher-
chera-t-elle la solitude ? Mais c'est alors précisément qu'elle s'y soustraira le moins. C'est dans
le silence, dans l'obscurité, qu'elle est surtout à
elle-même sa propre proie. C'est pendant les
longues insomnies ou lorsque le sommeil est
troublé par des rêves pénibles, c'est-à-dire quand
elle se dégage en partie des étreintes du corps,
qu'elle montre sa puissance. Tout prend alors des
proportions gigantesques, événements et person-
nages. On croirait voir se dérouler des tableaux
fantasmagoriques où tout est agrandi et bi-
zarrement déformé. Pour l'homme préoccupé,
les sujets d'inquiétude se multiplient et lui pa-

raissent plus graves ; pour le coupable, le remords semble être plus poignant ; la nuit, avec son cortége de bruits mystérieux, lui est odieuse et le sommeil agité par les fantômes l'épuise loin de le calmer. N'est-ce pas là une preuve que l'on sent l'âme agir ?

Il arrive souvent dans la vie que l'âme est tellement absorbée dans son travail qu'elle en oublie le corps. L'homme distrait est celui dont l'âme oublie ainsi le corps par instants. Chacun agit alors de son côté, le corps obéissant aux instincts que lui a créés l'habitude, l'âme à ses préoccupations. Rien ne montre mieux alors l'existence distincte de l'un et de l'autre, et leur union indissoluble. Dans un petit livre tout à la fois spirituel, ingénieux et profond, Xavier de Maistre a montré l'indépendance relative de l'âme et du corps et les liens qui les unissent, les combats qu'ils se livrent et les résultats divers de la lutte.

Mais où la puissance de l'âme éclate, n'est-ce pas lorsqu'elle étouffe les plaintes du corps brisé par la maladie ou la torture ? Lorsque Éléazar éprouve une joie suprême tandis que le bourreau le mutile ; lorsque, devant Porsenna, Scœvola brûle sa main ; lorsque Turenne, s'adressant à son corps insoumis, l'interpelle dans ces termes: *Tu trembles, carcasse !* on voit avec la dernière évidence et la présence et l'action puissante de l'âme. — Autrement on ne saurait expliquer comment le corps subit la souffrance sans chercher à s'y soustraire, comme cela arrive constamment et en quelque sorte instinctivement dans les circonstances ordinaires de la vie.

Ainsi, toutes les fois que nous cherchons l'âme, nous la trouvons, ou plutôt nous voyons la marque de son action sans la voir elle-même ; mais dès que nous voulons la prendre sur le fait pendant qu'elle agit sur la vie organique, cela nous est impossible. Son influence est pourtant manifeste sur les actes de la vie, elle peut les troubler, les accélérer, les modifier d'une façon quelconque ; encore faut-il dire qu'alors son action est involontaire comme il arrive quand une émotion vive ralentit ou précipite les battements du cœur, arrête le travail digestif, paralyse partiellement les mouvements respiratoires, etc.

S'il s'agit de la sécrétion du suc gastrique, de celle des larmes, etc., de l'activité propre des cellules et des fibres dont se composent les divers organes, on peut affirmer que nous n'avons aucun indice de l'action directrice et créatrice de l'âme, et dès lors on peut également affirmer qu'elle est absolument étrangère à ces phénomènes.

Mais, dit M. Bouillier, n'y a-t-il pas des phénomènes qui, quoique réels, ne laissent pas de traces au sein de la conscience ? Cela est évident. L'expression : *rappeler ses souvenirs*, n'est pas une métaphore. Parmi un grand nombre d'impressions plus ou moins intenses, il en est une qui surnage tout à coup et qui amène à sa suite, et de proche en proche, toutes celles qui tiennent à elle de près ou de loin. On peut dire que ce ne sont que des impressions plus ou moins vives et inconscientes. Peut-on le dire également de certains rêves dont nous n'avons conservé aucun souvenir, et que nous ignorerions s'ils ne nous étaient racontés par des témoins de notre sommeil ? Nous ne saurions l'affirmer, car il nous est arrivé de reconstruire un rêve *oublié* ou d'expliquer certaines paroles prononcées pendant notre sommeil à l'aide des renseignements fournis par les personnes qui en ont été témoins.

Nous ne voyons là qu'un fait, bien connu en ce qui est relatif aux sens, à savoir qu'il nous faut un certain temps pour percevoir et un temps égal pour perdre l'impression reçue. Ainsi, nous ne pouvons voir un objet qui passe trop rapidement devant nos yeux, et nous conservons pendant un certain temps l'impression d'un objet une fois perçu. L'impression est même d'autant plus durable qu'elle a été plus vive. Certaines expériences de physique sont fondées sur la persistance des impressions.

De même, l'âme conserve la mémoire de ses pensées dans la mesure de leur durée et de leur intensité ; elle n'a pas une mémoire égale pour toutes. Il n'y a donc rien de surprenant à voir renaître une pensée plutôt qu'une autre ; celle-ci, une fois rappelée, les liens qui l'unissent aux autres suffisent pour éveiller ces dernières, comme il pourrait d'ailleurs se faire que celles-ci se produisissent sous l'influence d'un nouveau

travail de l'esprit. Ce ne sont pas là des perceptions inconscientes, — deux mots qui semblent
se contredire, — ce seraient tout au plus des
perceptions sans mémoire.

L'existence de l'âme une fois admise, on peut
dire que certaines impressions fugitives laissent
des traces qui ne sont pas moins fugitives ; mais
il serait au moins singulier de retourner en
quelque sorte la proposition et de fonder, sur de
semblables perceptions, l'intervention de l'âme
dans les phénomènes de la vie.

On peut bien admettre qu'il y a des perceptions
effacées, lorsqu'il y a eu des témoins de leur
existence éphémère, il est bien différent d'affirmer qu'elles sont effacées, oubliées ou inconscientes lorsqu'il n'y a et ne saurait y avoir
d'autre témoin que nous-même, comme dans les
phénomènes de la vie, et que ce témoin unique
n'a rien observé, rien constaté.

Vous ne sentez pas l'âme agir, et pourtant elle
agit ; ce qui le prouve, c'est qu'on ne la sent pas
toujours quand elle agit. Singulier raisonnement
qui, en tenant pour vrai tout ce qui y est affirmé,
peut se résumer ainsi : les phénomènes de la

conscience seuls révèlent l'âme ; mais, parmi ces phénomènes, il s'en trouve qui échappent à la conscience ; or, l'âme agissant comme force vitale ne donne lieu qu'à des phénomènes inconscients, donc elle n'est autre que la force vitale.

On a cherché à prouver que l'âme acquiert une connaissance plus ou moins complète du corps qu'elle habite afin de prouver en même temps son action comme force vitale. Deux voies distinctes, dit, entre autres, M. Bouillier, nous permettent non-seulement de connaître notre corps, mais encore d'avoir la conscience permanente de son existence. Les sens extérieurs d'abord, ou simplement *les sens*, puis le ou les sens intérieurs. Ces derniers, selon l'érudit écrivain, nous en apprendraient plus sur le corps et sur nos organes que tous les autres sens réunis. Nous n'aurions besoin ni de nos sens, ni d'un miroir pour nous voir au dedans et au dehors. Il va même plus loin, et ajoute que ni nos sens ni un miroir ne peuvent nous instruire au sujet de nos organes, *dont chacun, sans aucune leçon d'anatomie, connaît au moins grossièrement l'existence et la place.*

Ainsi, un aveugle de naissance, sans même porter la main sur son visage, en connaîtra les contours ; il se verra en pensée comme il pourrait se voir dans un miroir ! A la rigueur, le toucher peut nous éclairer sur la forme des diverses parties de notre corps, tout comme il nous renseigne sur la forme d'un corps quelconque ; il n'y a rien là de particulier. Mais de combien d'illusions ne serions-nous pas le jouet si nos yeux seuls, et à plus forte raison nos yeux aidés du miroir, ne venaient rectifier les appréciations du toucher ! Un grain de sable imperceptible dans un de nos yeux ne nous fait-il pas l'effet d'un corps très-gros ? Un accident de la peau, un bouton, une verrue, ne nous semblentils pas avoir des proportions relativement considérables ? A chaque instant, le miroir vient corriger les impressions, atténuer les unes, exagérer les autres. De la sorte, les deux sens réunis, le toucher et la vue, nous donnent une impression fidèle résultant des deux impressions exactes seulement en partie.

Si le toucher fournit des sensations imparfaites ou incomplètes comment en être étonné ? Il

suffit, pour qu'il en soit ainsi, que les extrémités des nerfs soient ou inégalement sensibles dans
les différents points du corps, ou également sensibles mais en quantité variable, ou encore,
plus ou moins masquées par la peau. On sait
bien, en outre, que les sens ne se suppléent
qu'incomplétement, et qu'ils sont destinés à agir
de concert pour nous fournir sur le monde un
ensemble d'indications d'après lesquelles l'âme
juge en dernier ressort.

Quant à cette connaissance que chacun possède de l'existence et de la place de ses organes,
on peut dire qu'elle résulte d'un véritable enseignement que l'on reçoit chaque jour, et
qui malheureusement est souvent défectueux.
Lorsque l'enfant a entendu à plusieurs reprises
ses parents se plaindre de douleurs d'estomac en
indiquant à peu près le siége de la douleur, il
place l'estomac au point de son propre corps qui
lui paraît répondre à celui indiqué, et, si les indications sont fausses, il placera son estomac
tout autre part qu'en son lieu propre.

Ni la faim ni la soif ne sauraient davantage
nous éclairer sur l'existence, la place, la forme

et les fonctions de l'estomac, des intestins ou encore et surtout des diverses glandes. La nécessité d'un sens interne ne se fait pas sentir pour expliquer ces diverses sensations qui semblent plutôt être une sorte de toucher intérieur et qui, dans tous les cas, ne sont pas plus étrangères que la sensation de la lumière ou celle du goût. Il n'est pas absolument nécessaire d'imaginer un appareil sensoriel spécial du toucher, les nerfs peuvent à la rigueur suffire. Il en est de même de la sensation du poids du corps, qui est un fruit de l'habitude et où l'âme a plus de part que le corps. Toutes ces impressions n'exigent pas des appareils spéciaux.

Le docteur Gerdy a pu dire avec raison : « C'est un fait aujourd'hui reconnu, que l'homme se sent exister, non-seulement dans son intelligence, mais jusqu'à la périphérie et aux dernières limites de son corps, et qu'il apprécie même avec exactitude, par cette sensation intérieure, la situation respective des différentes parties de la surface de son corps. Aussi, dans l'obscurité de la nuit, comme à la clarté du jour, aveugle même, il porte sa main sur toutes les parties de son corps qu'il veut toucher, avec autant de précision que s'il avait au bout des doigts des yeux pour les diriger. Aussi n'a-t-on jamais vu un aveugle porter les aliments ailleurs qu'à sa bouche ; la sensation qui le guide donne aussi sûrement à son esprit la conscience de son corps, que la perception lui donne celle de son intelligence. Le moi du vulgaire est donc à la fois son corps, qu'il sent par toute la surface, et son intelligence, dont il a la conscience. »

Assurément l'homme se sent vivre dans son corps tout entier, et il a conscience de l'existence de son corps d'une manière permanente, mais il le connaît à la surface seulement et non à l'intérieur, comme le veut M. Bouillier. Il en sait la géographie, si nous osons parler ainsi ; il en ignore la constitution intérieure. Nous pouvons trouver notre bouche dans l'obscurité, comme si nous avions au bout des doigts des yeux pour les diriger, mais il y a loin de là à fixer la place de son estomac ou de ses poumons, à déterminer la forme et la grandeur de ces organes, à avoir une conscience claire de leurs fonctions. Non-seulement personne ne s'étonne de voir qu'en général on ignore les détails de sa propre organisation, mais on n'admet pas que cette connaissance doive être instinctive et qu'on puisse l'acquérir autrement que par l'é-. tude.

Nous dirons plus ; nous n'avons pas cette connaissance extérieure de notre corps aussi précise que le suppose Gerdy, car il nous arrive à chaque instant de chercher le point de notre corps où nous éprouvons une démangeaison et d'hésiter entre deux ou trois points avant de trouver le vrai. Les nerfs mêmes peuvent nous égarer dans certaines circonstances, car la sensation qu'ils annoncent peut répondre à un point quelconque de leur étendue, comme on le voit chez les personnes qui, ayant perdu un membre, ressentent cependant des douleurs dans la partie absente.

Nous apprenons à trouver notre bouche lorsque nous y portons les aliments, et il n'est pas vrai de dire que l'enfant arrive sans hésitation et sans apprentissage à donner à ses mouvements la direction et l'amplitude convenables. L'animal

montre dans ses mouvements plus d'instinct que
d'intelligence, et d'autant plus qu'il est plus bas
placé dans l'échelle animale ; pour l'homme
c'est le contraire ; chacun de ses actes est, au
moins en partie, le résultat de l'expérience ou de
l'éducation. Sans doute, cela suppose qu'il soit
en âge d'apprendre ; chez le nourrisson, animal
ou homme, tout est instinct, ainsi qu'on le remarque particulièrement dans la manière dont
les petits, ceux mêmes qui n'ont pas les yeux
ouverts, se dirigent vers le sein maternel. Faut-
il encore voir dans la manière dont chacun de
nous localise ses sensations avec un certain
degré de précision, une preuve de l'action de
l'âme comme force vitale. Ressentons-nous une
vive douleur dans le corps, nous la reportons
sans hésiter à l'organe qui en est le siége, à la
tête, au cœur, à l'estomac. Mais, quoi ! C'est le
mécanisme ordinaire de toute sensation ; il y a
dans chaque organe des branches nerveuses
spéciales. Il n'est pas plus étrange de sentir une
douleur à l'estomac qu'à la main ou au pied.

On le voit, si l'on observe les faits avec beaucoup d'attention, ils ne se présentent plus avec

ce caractère de simplicité qu'ils paraissent avoir au premier abord, et il n'est pas exact de dire qu'on se sent vivre autrement que par l'activité de sa pensée. Il n'est donc pas nécessaire de chercher avec Jouffroy quelle est la cause des sensations internes, ni de la nommer, avec Peisse, le *moi vital*. Il n'y a qu'un moi, le seul qu'un philosophe puisse admettre, et il n'y a qu'une force vitale.

Sans doute, il est difficile d'expliquer — mais cela n'importe pas pour l'objet qui nous occupe, — comment les nerfs du toucher, qui présentent une grande homogénéité et qui forment un réseau unique jeté sur le corps, peuvent nous donner la notion précise du lieu de la sensation. Comment se peut-il que cette toile nerveuse, ayant été ébranlée en un point qui est nécessairement en rapport avec tous les autres, nous puissions cependant reconnaître le point précis où le choc a eu lieu.

Si les nerfs n'étaient autre chose que de simples fils télégraphiques, ils transmettraient une sensation unique, confuse et embrassant le corps tout entier. Supposons, en effet, les divers fils télégraphiques communiquant entre eux, il n'y a plus de transmission de dépêches possible. On voit par là avec quelle mesure il faut accueillir les comparaisons, même les plus séduisantes. Et d'ailleurs, lors même qu'on aurait réussi à identifier le fil électrique avec les nerfs, que saurait-on de plus?

Mais poursuivons. Si l'âme est en même temps la force vitale, il nous faut l'admettre non-seulement chez les animaux supérieurs, mais chez les êtres le plus bas placés dans l'échelle ; et, disons plus, il faut l'étendre jusqu'aux végétaux.

Enfin, ne semble-t-il pas naturel qu'un corps construit et gouverné par l'âme ne puisse être ni malade ni mortel ? Comment concilier l'affaiblissement progressif de l'intelligence avec une âme éternellement jeune puisqu'elle est immortelle ? L'âme vieillirait-elle ? Que signifie la vieillesse d'une force ? Si, au contraire, il y a un principe vital et une âme pensante, on conçoit que l'âme n'est plus responsable des désordres du corps. Peut-on accuser la force vitale? Pas davantage ; elle ne fait que diriger un ensemble de travaux qu'elle n'exécute pas. Chaque organe fonctionne d'une manière indépendante, la force vitale coordonne leurs travaux. Si, dans une locomotive, certains organes sont détériorés, on ne peut songer à accuser la vapeur qui la met en mouvement. Si le corps est malade, c'est un organe ou plutôt un élément organique qui est malade. Il l'est dans une de ses parties ou dans toute son étendue ; enfin, il peut déterminer des désordres dans les autres organes ou les autres éléments organiques avec lesquels il est nécessairement en rapport plus ou moins intime. Lésion visible ou invisible, il y a une lésion. Elle est locale et générale tout à la fois, en ce sens que l'organe ou l'élément organique plus particulièrement malade fait partie d'un tout formé d'éléments semblables à ceux de cet organe et qui sont nécessairement atteints. Une dent d'une roue d'horloge est brisée, la roue marche mal, puis les roues qui sont en communication directe avec elle, puis l'horloge entière, sans que pour cela ni le ressort moteur ni le pendule régulateur soient en mauvais état.

Comment concilier la prétendue unité des deux principes avec la localisation de l'âme dans

le cerveau lorsqu'elle agit comme force iutel-
lectuelle, et sa présence dans le corps entier
en tant que force vitale ? Comment elle peut,
agissant sur les molécules cérébrales, les diriger
et fixer leurs positions en tant que force vitale,
et se servir de ces mêmes molécules comme
d'outils propres à manifester les idées ?

Ceux qui croient défendre ainsi le spiritualisme
lui font, en réalité, courir de grands dangers en
voulant faire disparaître un dualisme d'effets et
de causes qui, à chaque phénomène, s'accuse
d'une manière si évidente. Si l'âme peut agir
aussi directement sur la matière et en même
temps manifester les phénomènes de la pensée,
les matérialistes n'ont-ils pas raison de ne voir
dans tous ces actes que des propriétés de la
matière ?

On se laisse aller, nous le craignons, à cette
tendance naturelle à tout esprit philosophique
vers l'unité de causes que les récentes découvertes contribuent à développer encore plus.
« Il faut se défier des systèmes simples, dit Sais-
set. Quoi de plus simple que le matérialisme
absolu, qui explique l'homme tout entier avec

des atomes plus ou moins subtils? On aura beau faire, l'homme est un être très-compliqué, et l'animisme, en dépit de son goût pour l'unité, est forcé de reconnaître au moins une certaine dualité, celle de l'âme et du corps. »

A notre tour, nous dirons : Quoi de plus simple que le système de Lamarck et de Darwin, qui *explique*, non-seulement l'homme, mais la nature entière avec des atomes doués d'un certain nombre de propriétés? C'est là une simplicité apparente comme celle que présente l'hypothèse de M. Vulpian, qui ne voit dans les diverses propriétés des nerfs que les modes d'une propriété unique: la *neurilité*; ou encore comme celle qui assimile les nerfs à des conducteurs électriques.

Mais, de grâce, pourquoi cette préoccupation de l'unité de principe? Est-ce que la matière de notre corps n'est pas soumise à l'action de la terre tout comme le premier caillou venu? Malgré mon âme, malgré la force vitale, je ne me heurte pas moins contre un obstacle inaperçu, et me voilà tombant par terre comme un corps inerte.

16.

Est-ce que la matière de mon corps ne possède pas un ensemble de propriétés physiques, couleur, odeur, saveur, densité, etc. ? Cette même matière ne produit-elle pas des phénomènes chimiques dans les divers actes de la vie organique ? Ce n'est donc pas seulement la force vitale et l'âme qu'il faudra unifier, mais la pesanteur, la chaleur, l'attraction moléculaire, l'affinité, l'électricité, etc., et nous voici, en plein matérialisme contemporain, incomparablement plus logique que le spiritualisme unitaire ; plus logique, oui, mais pas plus vrai ni plus satisfaisant pour cela.

Au milieu de ce grand nombre de forces, il ne m'en coûte aucunement d'en admettre une de plus. L'unité n'est pas ici dans la cause, mais dans le résultat, dans l'accord des causes, dans la concordance et l'harmonie des effets.

Les faits attribués à la force vitale ne se transforment pas en phénomènes de l'âme; et réciproquement, la nature vivante n'est pas nécessairement pensante ; dès lors, on est logiquement conduit à distinguer l'âme de la force vitale, à moins qu'on ne veuille les nier l'une et l'autre, ainsi que la force en général. On peut bien regarder la gravitation, l'électricité, la lumière, comme des manifestations diverses d'une force unique ou, si l'on veut, comme le résultat de vibrations moléculaires de nature différente : tout porte à le croire, et l'apparition simultanée sur un même point de ces phénomènes, et leur perpétuelle transformation les uns dans les autres ; rien de semblable n'autorise l'assimilation ou la fusion de l'âme et de la force vitale.

Ni l'une ni l'autre n'existeront séparément de la matière au sein de laquelle se produit leur action et avec laquelle elles sont toujours étroitement et inséparablement unies. On pourrait s'étonner de nous voir regarder comme distincts des éléments qu'on n'a jamais vus séparés, la matière et la force ; il paraît si naturel d'envisager les effets des forces comme des propriétés de la matière.

Eh bien, non, les choses ne sont pas plus claires lorsqu'on admet que la matière seule existe. La difficulté est déplacée, mais non ré-

solue, car il reste à définir la matière. En dehors
de l'étendue, on peut contester toutes les propriétés des corps : la couleur est le jeu de la
lumière à leur surface ; l'odeur et la saveur sont
des créations de nos sens ; le poids est un résultat dont la cause prochaine nous échappe.
Par conséquent, dire que tout est matière est
aussi incompréhensible que dire que tout est
esprit. Il faut admettre la matière et la force,
toujours unies et toujours distinctes. Il faut admettre, en outre, les forces physico-chimiques,
la force vitale et l'âme, tant qu'on ne sera pas
parvenu à transformer les uns dans les autres
un mouvement, une sensation et un sentiment.

VI

FAMILLE, PROPRIÉTÉ, PATRIE

———

Le Maître dans l'art de parler au peuple s'exprimait souvent en paraboles. Sous cette forme simple, familière, imagée, la vérité pénètre plus facilement dans les esprits. Je vais essayer de l'imiter.

J'étais, il y a peu d'instants, au bord d'un ruisseau, j'admirais la limpidité de ses ondes, qui permettait de plonger du regard jusqu'au fond. Un sable uni et fin en tapissait le lit ; de longues herbes frêles et souples fléchissaient sous l'action du courant, et des poissons agiles, vêtus d'écailles éclatantes, se jouaient librement au sein du liquide.

. . . .

Un pêcheur est venu qui a jeté son filet : aussitôt le dépôt lentement amassé au fond des eaux en a de nouveau troublé la transparence. Rien n'est resté du charmant spectacle que j'avais sous les yeux. Les animaux inquiets et effrayés ont fui, se heurtant dans l'obscurité de l'onde, les plantes ont disparu dans la nuée de limon, et le pêcheur, grâce à la confusion qu'il avait produite, a pu faire une capture abondante.

Les choses ne se passent pas autrement dans le monde moral. La guerre et les révolutions troublent profondément l'ordre social, et amènent à la surface la vase qui forme le fond. L'obscurité se fait et la confusion à sa suite, une grande inquiétude s'empare des esprits, l'intelligence se voile et la conscience oscille, si bien qu'on peut dire, avec Royer-Collard, qu'en temps de révolution, le difficile n'est pas de faire son devoir, mais de le connaître.

Dans ces moments douloureux, il y a des âmes honnêtes qui souffrent, qui sont victimes, et des pêcheurs en eau trouble qui profitent du malheur public pour édifier leur fortune.

On ne saurait donc être étonné, dans les pénibles circonstances où nous nous trouvons, de
voir remettre en question les vérités les plus
élémentaires et les mieux établies. On discute à
nouveau les sujets qui paraissaient complétement élucidés, et sur lesquels il semblait que
l'opinion fût fixée. N'attendez donc pas que je
vous parle de choses nouvelles ; nous avons
assez à faire de rétablir ce qu'on a cherché à détruire, de faire de nouveau la lumière dans ce
qu'on a essayé d'obscurcir.

J'en demande pardon aux personnes distin-
guées qui me lisent, et auxquelles les sujets
que je traite sont familiers. J'écris pour ceux
qui ne savent pas. Si la table est servie, n'est-
ce pas pour ceux qui ont faim ! — Oui, tout a
été nié pendant ces temps de trouble, de ce qui
a été reconnu et accepté par tous les peuples
et à toutes les époques. Famille, Propriété,
Patrie, ce qui constitue la force et la solidité
des sociétés, vérités évidentes et principes certains, qui semblaient devoir être à l'abri de
toute atteinte et imposer le respect, ont été
mis au rang des préjugés ; et comment en

aurait-il pu être autrement puisqu'on avait commencé par nier Dieu lui-même ?

Oui, on a pu croire un instant que ces liens si
naturels, si étroits et si solides qui unissent les
membres d'une même famille n'étaient pas en
même temps légitimes ! N'est-ce pas le lieu de
dire de la famille ce que Montesquieu dit de la
société : « Où donc a-t-on vu l'homme isolé
pour douter de la légitimité de la famille ! »
L'homme est-il donc à lui seul un être complet,
et ses enfants dans lesquels il se sent survivre
fuient-ils comme les oiseaux du ciel la maison
paternelle ? Au contraire, ce sont les enfants
qui fortifient la famille par les nouveaux liens
qu'ils créent. Ce que l'affection mutuelle des
époux avait commencé, l'affection paternelle et
l'affection filiale le complètent.

Homme, femme, enfants, ce ne sont point là
des êtres distincts, mais un seul être, un tout
unique ; c'est une seule vie, une seule âme ; ce
sont les branches et le tronc.

Au début d'un de nos livres les plus anciens,
se trouve exprimée cette vérité fondamentale et
d'une évidence incontestable : il n'est pas bon

que l'homme soit seul. D'autre part, la tristesse attachée à la solitude, l'état maladif du misanthrope corroborent cette vérité.

Je n'insiste pas. En vous voyant autour de moi groupés par familles, je comprends qu'on n'a pas encore réussi à ébranler vos croyances et vos affections. Peut-être êtes-vous moins certains de la légitimité de la propriété.

A vrai dire, ce n'est pas de la propriété qu'il s'agit, mais du propriétaire. Ce qu'on voit toujours au lendemain des révolutions, ce sont des changements de propriétaires, mais il y a toujours des propriétaires. On conteste les droits des anciens propriétaires afin de le devenir à son tour.

Je puis éclairer ceci par un exemple. Laissez-moi vous raconter comment un des adversaires de la propriété fut conduit, par une douloureuse expérience, à réformer sur ce point ses idées. C'était une des nombreuses victimes de nos discordes civiles, nature honnête avec un esprit faux, comme c'est le cas le plus fréquent. Dans les temps malheureux où nous vivons, à la suite des bouleversements fréquents qui épuisent

17

notre pays, nous voyons s'accroître le nombre
de ceux qui, selon les temps, sont tour à tour
vaincus ou vainqueurs.

Obligé de s'expatrier, notre homme se rendit
en Amérique, dans ce pays plein de séductions,
qui semble accorder à ceux qui l'abordent une
large hospitalité dans ces vastes solitudes où la
nature se montre tout à la fois riante, belle et
féconde.

Le voilà qui, du droit de premier occupant,
s'empare d'un lot sur la lisière d'une forêt. Dans
son ardent désir de posséder, il ne limite pas
son domaine. Il songe déjà à ceux qui pourront
venir lui en disputer une portion. L'amour de la
possession, aussi fatal qu'un instinct, se révèle
en lui.

Il était parti sur la foi de cette idée que la
terre n'appartient pas à l'homme, qu'il n'a sur
elle aucun droit. Or, la terre est l'expression
la plus saisissante de la propriété. La terre,
disait-il, est l'œuvre de Dieu, elle est à Dieu
seul, et personne ne peut l'acquérir. Assurément
la terre est à Dieu, tout comme les trésors
qu'elle cache dans ses entrailles. Le fer, le

charbon, l'or et les pierres précieuses, tout cela
est à Dieu, et aussi le ver à soie, le cotonnier et
le lin, la canne à sucre et les fruits et les fleurs.
Mais toutes ces choses ne sont l'objet de la con-
voitise humaine et, par suite, n'ont de valeur,
qu'autant qu'elles ont été transformées par
l'homme. Si Dieu fournit la matière première,
c'est l'homme qui donne la véritable valeur,
celle qui rend l'objet utilisable, et qui s'ap-
proprie ainsi toute chose en la transformant.

Voilà ce que notre homme devait bientôt
apprendre à ses dépens. Il possédait une terre
couverte de grands et beaux arbres, mais à quoi
bon les arbres dans un pays chaud, à moins que
ce ne soit pour s'abriter à leur ombre. Il fallut
les arracher ; ce fut un premier travail long et
pénible. Ce travail accompli, il lui sembla que
cette terre lui appartenait davantage : la peine
qu'il s'était donnée la lui rendait plus chère.
La terre défrichée n'était pas encore propre à
la culture. De nouveaux labeurs, de nouveaux
efforts étaient nécessaires. Notre homme sentit
alors que la terre tenait à lui par des liens plus

étroits, qu'elle était plus sienne. Sans doute, elle lui venait de Dieu, mais il y avait mis une partie de lui-même.

Il n'était pas au bout de ses peines. La terre n'est pas aussi libérale qu'on pourrait le croire ; ainsi que la fortune, elle vend ce qu'on croit qu'elle donne.

Et voilà maintenant qu'il lui faut creuser, bêcher, fouiller, comme le conseille le laboureur de la fable. Que de soins divers avant de déposer la semence ! Mais aussi quelle joie lorsque le grain eut germé, qu'il vit poindre les jeunes plantes ! Cette terre, arrosée de ses sueurs, fécondée par son labeur, était sa chose ; elle faisait pour ainsi dire corps avec lui, et la lui arracher, c'était lui ravir une portion de son être.

Il comprit alors comment se constitue la propriété ; il devait le comprendre mieux encore.

Les jeunes herbes grandirent, et la joie de notre propriétaire fut constamment troublée. Un nuage passait-il au-dessus de son champ, il tremblait à la pensée que la récolte ne fût compromise par des pluies trop abondantes.

Au contraire, le soleil était-il ardent, il craignait une trop grande sécheresse. Ces inquiétudes incessantes l'attachèrent à sa terre plus encore que le plaisir de la possession, car nous nous attachons aux choses et aux hommes par les peines qu'ils nous causent, plus encore que par le bien qu'ils nous font.

L'enfant que l'on chérit le plus n'est-il pas celui qui nous a coûté le plus de sacrifices et fait éprouver le plus d'inquiétudes ? La lutte soutenue contre la mort dans le cours d'une maladie cruelle, les veillées passées auprès du berceau, les angoisses éprouvées, le dévouement dépensé, tout nous y attache. C'est qu'au fond, dans ces soins incessants, cette tendresse inquiète, ces angoisses suprêmes, on a mis une partie de soi-même et on a ainsi fortifié les liens qui nous unissent à lui, et par là nous le rendent plus cher.

Et maintenant, dites si l'homme dont je vous parle n'avait pas créé sa propriété, et si cette terre, rendue féconde par ses travaux, ressemblait à la terre aride dont il s'était emparé au début.

Et lorsque chacun de nous, ouvriers, patrons, employés, commerçants, industriels, artistes, savants, etc., nous aurons réalisé par nos économies, fruits de notre travail, la somme exigée par le propriétaire d'une terre pour nous la céder en toute propriété, nous aurons simplement substitué notre travail à celui d'autrui, mais la propriété sera toujours l'expression du travail.

Un ami de cet homme, conduit par le même destin dans les mêmes parages, mais qui n'avait pas encore reçu les rudes leçons de l'expérience, se présenta à lui et lui demanda, au nom des principes qui autrefois leur étaient communs, une part de sa terre. Naturellement, elle lui fut refusée.

Au moins, lui dit l'ami, n'auras-tu pas la prétention de léguer cette propriété à tes enfants, car toi seul tu as travaillé et toi seul tu as des droits sur la terre.

Mais celui-ci de lui répondre : Suis-je donc un être isolé et n'ai-je pas de liens avec mes parents et mes enfants? Suis-je le premier et le dernier de ma lignée? Ne dois-je rien à mes ancêtres, et mes descendants ne tiendront-ils rien de moi? Tout homme n'est pas un être indépendant, sans racines avec le passé ; au contraire, en lui se trouve condensée, pour ainsi dire, une génération. Aurais-je d'ailleurs dépensé tant d'ardeur et de forces si tout devait se borner pour moi à une possession viagère, et ne vois-tu pas que s'il en était ainsi, la source de toute activité serait bientôt tarie, et qu'on assurerait le triomphe de la paresse et de la médiocrité.

Apprenez donc chacun, comme cet homme dont je parle, à défendre et à respecter toute propriété légitime, c'est-à-dire fondée sur le travail, sans qu'il vous soit nécessaire de l'apprendre, comme lui, par les rudes leçons de l'expérience.

Tout n'est pas terminé pour notre propriétaire, son instruction n'est pas complète. Les idées fausses s'enchaînent, et il en avait l'esprit meublé. Il devait encore apprendre ce que c'est que la Patrie.

La Patrie, avait-il dit autrefois, c'est un mot magique, mais ce n'est qu'un mot. La Patrie, c'est là où l'on est bien. Or, vous pourriez croire qu'il se trouvait bien ; il avait acquis une grande fortune; il possédait une vaste étendue de pays,

de nombreux troupeaux, une armée de servi-
teurs. Sa table était abondante et variée, ses
appartements magnifiques ; en un mot, il avait
en partage toutes les satisfactions de la vie ma-
térielle. Mais ne savons-nous pas que l'habitude
émousse toutes les jouissances, et que la satiété
éteint le désir ?

Même les douceurs de la vie domestique ne
lui manquaient pas : la tendresse de ses proches,
l'affection de quelques amis, ces biens, qu'on ne
saurait trouver à prix d'or, et qui, de tous les
biens, sont les plus précieux, il les possédait.

Et pourtant il n'était pas heureux. Sa joie
n'était pas franche, mais toujours empreinte de
mélancolie.

Pourquoi donc ne jouissait-il pas en paix de
tant de biens si justement acquis ? Vous allez
l'apprendre.

Souvent, pendant une promenade solitaire,
parvenu au sommet d'un tertre et jetant les yeux
autour de lui, il se disait en lui-même : Que ce
paysage est beau, mon Dieu! que de grâces et de
richesses dans ces vallées, ces bois, ces prairies,
ce ruisseau ; ma vue est ravie, mais mon âme est

inquiète, parce que ce ne sont ni le paysage, ni les arbres, ni les prairies de mon pays.

Il entendit des voix, des chants. Il prêta l'oreille; mais ces voix parlaient une langue étrangère, ces chants avaient un caractère étranger, même le rire révélait un accent auquel il n'était point accoutumé. Ce n'étaient pas là les chants qui avaient charmé son enfance, ni la langue dans laquelle il avait bégayé ses premières paroles. Et il se prit à pleurer.

Il songea au passé. Il vit dans le lointain son enfance et sa jeunesse, dont les phases diverses se déroulaient comme un panorama. Ses souvenirs lui revenaient en foule, se pressant, se heurtant, dans son esprit, et l'émotion le gagnait. Par la pensée, traversant les mers, il arrivait en France. Tout d'un trait il volait vers un petit village ignoré. A mesure qu'il approchait du village, son cœur battait avec force, il reconnaissait les diverses stations du chemin, il se nommait à lui-même les bourgs, les hameaux, les ponts, les ruisseaux. Il se voyait enfant, courant dans la prairie, franchissant les fossés à la poursuite des papillons, cueillant des fleurs au passage,

17

essayant de surprendre les poissons du ruisseau ou dérobant un fruit auquel la course, la chaleur, l'appétit donnaient une saveur inestimable.

Puis il entrait dans le village, courait à une pauvre maisonnette sans apparence. Il reconnaissait sur le seuil la trace de ses jeux ; chaque détail de la pierre lui était familier : c'était un trou, une fente, une brèche. Contre la porte, au dehors, appuyé au mur, se trouvait un banc de pierre où il s'asseyait à côté d'un vieillard auprès de qui son enfance avait trouvé un abri.

Il franchissait un escalier dont les marches s'étaient usées sous les pas de plusieurs générations. Il pénétrait dans une chambre. Là, il retrouvait un berceau auprès duquel, pendant les fréquentes maladies de l'enfance, sa mère, les yeux humides, avait veillé sur son sommeil, épiant son réveil et son premier sourire. Au-dessus du berceau, appendu au mur, se trouvait un portrait, dessin grossier d'un peintre vulgaire, mais reproduction fidèle d'un être aimé qui reposait dans le cimetière voisin.

Un jour, il avait semé dans la cour un noyau de cerise, bientôt oublié par lui, mais non par

cette Providence qui veille avec la même solli-
citude sur la plus chétive comme sur la plus
superbe de ses créatures. Le noyau était devenu
un cerisier. L'arbre avait grandi avec lui, il était
presque de son âge. C'était plus qu'une propriété,
c'était un ami d'enfance, et ses fruits, si âpres
qu'ils fussent, lui semblaient exquis. Tous ces
souvenirs passaient et repassaient tumultueuse-
ment dans son esprit.

Eh bien ! mes amis, qu'est-ce que ce sentiment que le bien-être n'étouffe pas ? sentiment
qui réclame impérieusement une satisfaction,
qui cause cette angoisse qu'on nomme la nostalgie ? qu'est-ce que cette attache aux choses,
indépendante de leur valeur réelle ?

Cet ensemble de tout ce qu'on aime et qu'on
vénère, ce paysage du pays natal, ce village, cette
maisonnette, ce berceau, cette tombe, cet arbre ;
ces précieux souvenirs que l'on conserve pieuse-
sement, c'est là la Patrie !

J'entends les esprits forts : question de sentiment, disent-ils. Sans doute, c'est un sentiment.
Mais c'est aussi avec le sentiment que Jeanne d'Arc
sauva la France et que Vincent de Paul organisa

la charité ! Et de quel droit d'ailleurs dédai-
gnerait-on le sentiment ? N'est-il donc pas une
des facultés de l'âme au même titre que la
raison et l'intelligence ! N'est-il pas la source des
jouissances les plus pures comme des actions les
plus nobles ?

Mais l'amour de la Patrie ne repose pas unique-
ment sur le sentiment : la raison y a aussi sa part.
Ne formons-nous pas une sorte de grande famille,
dont tous les membres sont soumis aux mêmes
lois et parlent la même langue! Et pourtant notre
union ne tient pas à ces choses. Aussi nos vainqueurs farouches pourront faire parler leur langue
à nos enfants, ou essayer de les soumettre à une
même discipline ; ce n'est pas avec ces liens
presque matériels qu'on unit les habitants d'un
pays, mais avec la communauté des sentiments.
On peut porter le même costume, s'exprimer
dans le même langage, être soumis aux mêmes
lois, mais ces liens tout extérieurs ne suffisent
pas : il faut y ajouter l'union des cœurs, dont les
conquérants ne tiennent nul compte et contre
laquelle viennent échouer leurs efforts.

Ne nous exagérons pas d'ailleurs l'influence

d'une langue étrangère ou de certaines pratiques
comme moyen d'assujettissement ; chacune de
nos provinces n'a-t-elle pas ses coutumes, ses
usages, son idiome particuliers. Le Parisien
moqueur raille volontiers l'accent du Provençal,
du Gascon ou de l'Alsacien. Qu'importe ! La diversité des coutumes, des usages et de l'accent ne
trouble pas l'union des Français, et depuis le
Rhin jusqu'aux Pyrénées, de l'Océan jusqu'aux
Alpes, il n'est pas un homme de la plus humble
condition qui ne s'honore d'être Français.

Tout ce qui entretient la vie dans nos provinces,
tout ce qui est de nature à leur conserver leur
originalité doit être respecté. Que le Breton et
le Provençal continuent, dans la vie intime, à
faire usage de leur langue pittoresque et à porter
le costume local ; qu'ils soient aussi distincts
que les régions qu'ils habitent ; que le paysage,
l'homme et la langue forment un tout harmonieux ; en un mot, que la variété règne dans les
petites choses, l'unité nationale, qui fait la force
du sentiment patriotique, n'en souffre pas, car
l'uniformité est dans les grandes choses : la loi est
écrite dans une langue unique, la langue fran-

çaise, et notre armée combat sous un drapeau
unique, le drapeau tricolore.

Cet amour de la patrie est si vif chez le Français, qu'à certaines époques on a vu nos savants,
cédant à de vives sollicitations, séduits par de
brillants avantages, quitter la France, et, malgré
les faveurs dont ils étaient comblés par les
souverains étrangers, ne pouvoir résister à la
nostalgie. D'autres ont préféré la prison à l'exil,
et Danton pressé par un ami de fuir pour
échapper non-seulement à la prison, mais à la
mort, s'écriait avec une profonde tristesse : *Crois-
tu donc qu'on emporte sa patrie à la semelle de
ses souliers?*

J'ai terminé ce que j'avais à vous dire sur la
famille, la propriété, la patrie. Ce n'est pas que
le sujet soit épuisé, mais je m'étais seulement
proposé d'appeler vos réflexions sur ce sujet
et de vous en faire sentir toute l'importance,
principalement dans le temps où nous vivons.

Nous avons tous plus ou moins de ressemblance
avec l'homme que j'ai mis en scène dans cet
entretien. Nous sommes plongés dans un milieu

moral vicié et nous le respirons comme l'air qui
nous environne. Mais de même que l'air se précipite dans tout vase vide pour le remplir, de
même les esprits incultes sont promptement
envahis par les idées fausses ou malsaines qui
composent notre atmosphère morale.

Or, si l'on persuade aux simples qu'ils n'ont
respecté jusqu'à ce jour que des chimères sous
les noms de famille, de propriété et de patrie ;
que ce sont là autant de fictions séduisantes, à
l'aide desquelles on les trompe et on les assujettit,
on arrive à ce résultat funeste : la dissolution
du corps social. Ces idées sont, en effet, à la
société ce que le ciment est aux constructions.
Détruisez le lien, tout s'écroule. Il n'y a plus alors
de peuples, mais des agglomérations d'individus
isolés au milieu de la foule ; et une société
en poussière, que le moindre souffle agite et
disperse.

La France a, Dieu merci, des éléments de résistance au mal qui la ronge. Son sol, merveilleusement encadré entre les montagnes et la mer,
dans un milieu tempéré, offrant toutes les variétés
de culture et d'aspect, constitue une sorte d'unité

physique déjà remarquée par Strabon, il y a plus de dix siècles, et qui a préparé l'unité morale. Les événements historiques n'ont fait qu'achever cette grande œuvre. Ne la détruisons pas.

Profitant de nos divisions, comme autrefois la Macédoine de celles de la Grèce, l'étranger, qui s'est emparé déjà d'une de nos provinces, nous tient désormais sous le coup d'une menace permanente d'envahissement. Comme le tigre, il couve sa proie du regard, animé par de grossiers appétits. Il n'attend que l'occasion de se jeter sur la France, et saura au besoin faire naître le prétexte, puis semer les divisions parmi nous pour triompher par la ruse là où l'habileté et la force pourront lui faire défaut.

Craignons donc de provoquer cet ennemi séculaire et implacable. Ne lui rendons pas la tâche facile, en augmentant notre faiblesse par l'abandon de nos croyances.

Souvenons-nous de l'invasion des barbares, ce sera là mon dernier mot, SOUVENONS-NOUS.

TABLE DES MATIÈRES.

FIN DE LA TABLE.

ABBEVILLE. — IMPRIMERIE BRIEZ, C. PAILLART ET RETAUX.

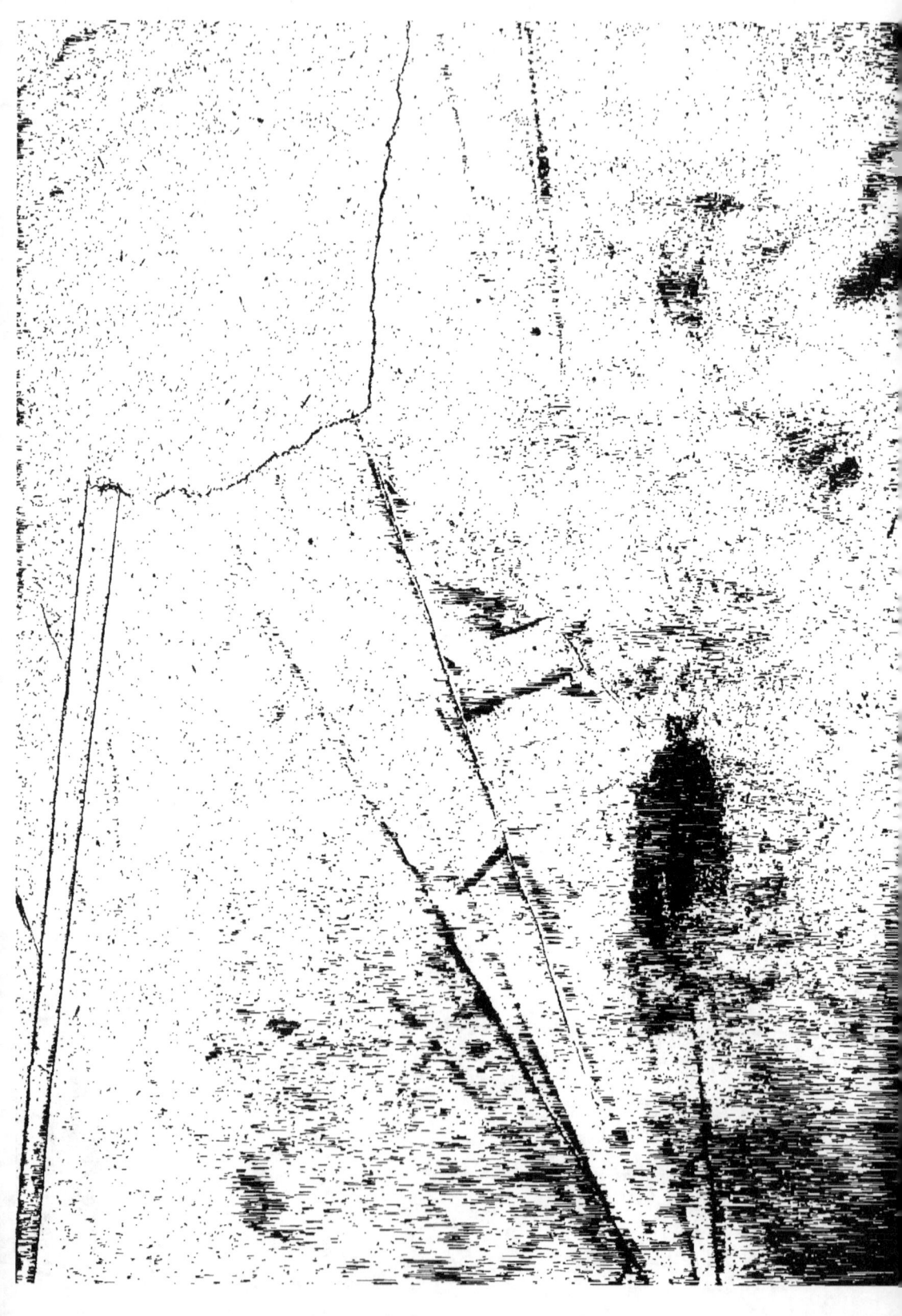